メディアワークス文庫

時かけラジオ
～鎌倉なみおとFMの奇跡～

成田名璃子

目　次

プロローグ

あれは、しゃべりの化け物だ。

局のプロデューサーから、すごいラジオＤＪが出てきたからと勧められ、都内にある放送局に見学に行った。自信をなくしそうで一旦は断ったものの、思い直したのだ。ブースの中で喋（しゃべ）っていたのは俺より二つほど年下で二十歳のディスクジョッキー、ジョージ小林（こばやし）だった。

米軍基地で働く両親のもと、独学で身につけたという英語はネイティブそのもので、俺とはしゃべりのテンポが違った、ジョークのセンスが違った、おまけに容姿もぜんぜん違った。

ジョージは、放送中ずっと長い足を組みながら、マイクに前のめりで喋っていた。全然気取ってないんだ。相手によって、近所の兄貴、弟、子供、甥（おい）っ子、親友、ころころと役割が変わる。でも共通しているのは、初対面なのに相手にとって超近い存在に、瞬時に変身するってこと。

肩のちからが、いい具合に抜けていた。相手のことを本当に大切に思っているのが伝わってきて、すぐ目の前にいるんじゃないかって錯覚させるような話し方だった。

なんだよ。あれこそ、俺が目標にしたばかりの理想のしゃべりじゃないか。

ついこの間までは、リスナーの憧れみたいな存在を目指してた。イカしてる音楽、最新のファッションや流行りの店、なんなら自分のトークから流行を生み出したいなんて気負っていた。

でも、もう違うんだ。朝のオンショアが夕方のオフショアに変わったみたいな、百八十度の方向転換。

ホットな情報なんて、わざわざ俺に聞かなくてもチケットぴあを読めばいい。Ｈｏｔ‐Ｄｏｇ　ＰＲＥＳＳもあれば完璧だ。

そんなことより、俺の言葉が誰かの力になれたら、ほんの少しでも気が楽になったら。そんな風に願うようになった。

もともと上手くもなかったトークの技術が、この方向転換でさらに混乱して、正直いまはカオス状態になってる。そんな時に、目指してる完成形を年下のやつがとっくに実現していたなんて、誰だってグレたくなるだろう。

ブースの外で聴いている間は興奮も相まって、笑ったし、夢中になったし、唸ったし。いつの間にか、勉強というよりもただのリスナーとして楽しんでいた。

じわじわと敗北感がこみ上げてきたのは、放送が終わってジョージと握手を交わしながら褒めちぎって別れ、スカ線に乗ってしばらく経ってからのことだ。

あの声に励まされるやつら、いっぱいいるんだろうな。落ち込んで、ろくな一日じゃなかったなんて毒づいてたのに、あの声を聴いたあと、最後に笑って寝るやつ、いっぱいいるんだろうな。

トークの余韻が抜けて、同じＤＪであるはずの自分が、ジョージ小林に比べたら、あまりにも何者でもないことに改めて気づかさた。

片やメジャーＦＭ局の売れっ子ＤＪ。片や鎌倉ローカル局の兼業ＤＪ。

呆然としたまま鎌倉まで戻ってきて、若宮大路のヤマカでタカラｃａｎチューハイを買い、そのまま由比ヶ浜を眺めながら飲んだくれようと思っていた。でも何だか気分が乗らなくて、足が自然と職場に向かって、気がついたら真っ暗なブースに灯りをつけて、一人、マイクの前に座っていた。

すぐ目の前は、海沿いを走る一三四号線。ラジオブースからは由比ヶ浜を一望でき、時折、リスナーが歩道から見上げて手を振ってくれたりする。

江ノ島から海岸沿いに灯りのつらなる夜の海を眺めながら、缶を開け、中身をぐいっと喉に押し込んだ。

うめえ。チューハイを、ジュースみたいに缶にしようと思った人は天才だ。

そもそも、まったく違うタイプのＤＪを目指そうと思ったのは、彼女に振られてどん底にいた時、とある出会いがあったおかげだ。だけど俺なんかが頑張る意味、あるんだろうか。世の中にはもう、ジョージみたいなやつが活躍してるじゃないか。

黒い海とブースを隔てるガラスに、髪の毛の乱れた、目尻のとんがった酔っ払いが映っていた。

俺って、こんなにダサいやつだったっけ。

ごしごしと顔をこする。

なあ、ビギ。俺はいったい、どうしたらおまえに顔向けできるようなDJになれるんだろう。

なんでラジオでもそんな風に喋らないの。そしたら、もっと面白い番組になるのに。

笑いすぎて目尻に涙をためていたビギの声が、耳の奥で甦る。

半ば自棄になって、マイクに向かって身を乗り出した。

操作盤の主電源は落としたまま、マイクのボリュームだけを上げる。もちろんランプなんて点かないけど、気分の問題だ。

大きく深呼吸して、一人、しゃべり出した。

『ハ〜イ、湘南のみんな、波に乗ってるぅ？　時刻は二十三時ジャスト。〝ラジオがはねたら〟の時間がやってきたぜっ。お相手はDJトッシー。今夜も由比ヶ浜の波音が響くここ、鎌倉なみおとFMのスタジオからお届けしまっす。終わりまで全力でみんなとしゃべりまくるんで、よろしく』

番組名をでっちあげて、適当にオープニングトークを繰り広げた。

誰にも届かない放送は気楽で、うまい具合にリラックスできる。いつもダメだしをしてくる部長もいないし、俺がやんちゃしてヘビメタを流したりしないか密かにチェックしている社長の耳を気にする必要もない。

『まあ、俺しか聞いてない放送だから言っちゃうんだけどさ。去年の夏、超ショックな出来事があったわけさ。女の子達からアッシー扱いされても、メッシー扱いされても、傷の一つもつかないこの俺の強いハートが、ざっくりいっちゃうような出来事だったわけ。平たくいうと、失恋？　しかも超ハードモード。付き合ってると思ってたのは俺だけだったたって厳しいオチ。ううっ』

涙声にエコーをかけたあと、チューハイをぐいっと飲み干し、そのまま二本目を開けた。ろれつはまだ大丈夫だ。

『そんなわけで、今日のテーマは〝ショックな出来事〟。最近でも、その昔でも、みんなに起きたショックな出来事にまつわるエピソード、じゃんじゃんファックスちょーだい。もちろん電話も大歓迎。夜だからお間違えなくね。ファックスはいつものとおり、市外局番０４６—７７３—７７３３X。電話は０４６—７７３—７７３３X。待ってるよお。それじゃ、さっそく一曲目。一昨年のヒットチャートを賑わせたヴァン・ヘイレンの〝Jump〟』

しゃべりながら、明日の放送用に仕込んでおいたCDを流す。ブースにだけ響くハスキーなボーカル。歌詞の意味はわからなくても、サビの〝ジャンプ〟だけは聞き取れた。自分を励ますつもりでかけた曲だけど、ほろ酔いの思考は、ジャンプするどころか底辺を這いつくばっている。

ぼんやりと由比ヶ浜に目をやった。車のヘッドライトに照らされて、波頭の白がぼうっと浮き上がっている。

いい加減、帰るか。

明日は早くからバイトがある。

デスクに手をついて立ち上がった時だった。

唐突に、ブース内の電話が鳴り響いた。そばにあった電話機の赤いランプが点滅し、モニターには相手先の番号が表示されている。

「090?」

聞いたことのない市外局番だった。この時間だし、間違い電話かもしれない。

放って帰ろうとしたけど、しつこい相手らしく、まだ鳴り続けている。

ため息混じりに受話器を取った。

「もしもし、こちら鎌倉なみおとFMですが、どちらにおかけですか」

『──あの、〝ラジオがはねたら〟っていう番組にかけたんですけど』

二十代前半だろうか。面食らったように女の子が答える。しかし、面食らったのはこちらも同じだ。誰も聴いていないはずの放送に、どうして電話なんてかかってくるんだ。

慌てて操作盤を確認すると、主電源はきちんとオフになっている。

それなのに──。

主電源と連動しているはずのマイクには、オンを示すランプがくっきりと灯(とも)っていた。

第一章　ぶりっこの憂鬱

『あの、もしもし』

黙ったままの俺に、電話の向こうの声が訝しげに話しかけてくる。

「あ、すみません。ええと、〝ラジオがはねたら〟にかけてくれたんだよね。う〜ん、なんでだろう」

『いや、だって、ショックだったエピソードの募集をしてましたよね？　私、ほんとにショックな出来事があって電話したんですけど』

「――」

もしかして操作盤の主電源がイカれて、電源をオフにしてもオンのままの状態になっていたのだろうか。

夜の社屋に勝手に侵入し、ブースで飲酒して、さらに架空の番組まで放送した。確実に始末書もの、いや、下手をしたらクビじゃないのか。

だけど、もう電話はかかってきてしまっている。酔いも手伝って、自棄気味に受話器をきつく握った。

『やっぱりもう切ります。こんな話、知らない人に話すのってよく考えたらアレだし』

「あ、いや、ごめんね。こっちの事情でちょっと頭の中が混乱しちゃって」

『いいんです。それじゃ』

「待って、そんなこと言わずにさ。まずは、住んでる場所と名前を教えてくれる」

慌てて椅子に座りなおした。

『鎌倉在住の——三回転半ジャンプです』

「はい、三回転半ジャンプさん、夜更けの電話サンキューっ。それで、ショックだったエピソードって一体どんなことなの」

ショック、の部分にエコーをかける。相変わらず操作盤の主電源ランプは点灯していないけれど、エコーはきっちりかかった。三回転半ジャンプを名乗るリスナーの元にもきちんと放送が届いているらしく、受話器の向こうから、俺の声がやや間をあけて響いてくる。

『これ、他の人も聞いてるんですよね』

「う〜ん、多分？　でも、イレギュラーな放送だし、リスナーなんて三回転半ジャンプさん一人くらいしかいないかもよ。だから気楽にしゃべってよ」

酔いも手伝って、普段よりくだけた口調になった。

『——それじゃ、少しだけ。実は私、半年前から、結婚式の友人代表の挨拶を頼まれてるんですよ。新郎新婦の橋渡し役だったから』

「ほうほう」

『それがもう、あんまり嫌すぎて、この半年、考える気も起きなくて』

「ん〜、とってもハッピーな出来事に聞こえるんだけど、どうして嫌なの」

『そりゃ、二人がそれぞれ別の相手と結婚するならハッピーですけど──私、酷いこと言ってますよね。親友の結婚式なのに』

これは多分、少し重めのストーリーだ。もぞもぞと背もたれに体を預け直した。

『もともとは、新郎と幼なじみだったんです。家が隣で、母親同士が仲良くて、いっしょにお風呂とかにも入ってて。でも五歳の時、将来は彼と結婚したいって言ったら、僕はおしとやかな女の子が好きだから結婚できないって言われて振られたんです』

「それは、小さいなりにショックだよね」

『でも、そのショックをバネに、私、すごく努力したんですよ。少なくとも彼の前では、運動が大好きだったのにお転婆を封印して、小学校から茶道部に入って、習い事はバレエとピアノにして。ピンクだって大嫌いだったけど好きなフリして。大口開けて笑うのも、食べるのも我慢して、お弁当なんていつもの半分で我慢してました』

「つまり彼の前ではぶりっこしてたってこと？」

『ぶり、なんですか？』

「ぶりっこだよ、ぶりっこ。聖子ちゃんみたいな」

『聖子ちゃん？』

「そ。松田聖子ちゃん、わかるでしょう」

『わかりますけど、なんでいきなり？　トッシーさん、面白すぎ』

「そ、そうかな」

友達みたいに話そうにも、いまいち会話がかみ合わない相手だ。こんな時でも、ジョージ小林なら、すっと懐に入り込めるんだろうか。

『少しでも彼のそばにいたくて、中学の時はいっしょの進学校に上がれるようにものすごく勉強も頑張ったし、大学も同じところに合格して、就職したあとも――』

「ちょっと待って。子供の頃から社会人になるまでずっと一途にその彼のことを？」

『はい。ウザいですか』

「ウザ？　ええと、ウザいの意味はわからないけど、一度も告白したりしなかったの」

メモ用紙に、「ウザい」とメモをしながら尋ねた。

『告白なんて出来ませんでした。だって幼なじみですよ？　家族ぐるみの付き合いだし、ダメだったら気まずいじゃないですか』

「そりゃ、そうだろうけど。じゃあ、彼のほうは？　女の子らしくなった三回転半ジャンプさんに何か反応はあったの」

少しの沈黙が、答えを物語っていた。

「ごめん、バカな質問だった」

『いいんです。彼、とってもモテるし。いつもザ・女子って感じの可愛い子と付き合ったりしてました。大学時代も二人くらい、女子大の子と付き合ってたかな』

他の女の子とデートする彼の姿をただ見ているってどんな気持ちなんだろう。俺は、相手の子から都合のいい男扱いをされても、はっきり自分の気持ちを伝える。こちらから誘って、ご飯とかお茶とかごちそうして、ただ単にアッシーやメッシー扱いされてるってわかってても頑張ってそばにいて、簡単にはあきらめない。

たとえその結果が、去年みたいなこっぴどい失恋でも、また同じようにすると思う。だから、自分を偽るほど好きな相手に、告白もせずに待つなんていう気の長い作戦は、やり遂げられそうになかった。

そういえばあみんの〝待つわ〟なんて歌、あったよな。

『彼とはずっと、幼なじみとしては仲が良くて、たまに学食でごはんを食べたりしてました。私達のこと、付き合ってるって誤解している人もいたくらい。私は私で大学に馴染んで、同じクラスで仲の良い子とかもできたんです。彼と結婚する彼女はテニス部で、いつも真っ黒に日に焼けてて、男子よりも女子からキャーキャー言われている男勝りの子でした。で、彼女も交えて三人でごはんを食べたりしてたんです。そしたら――卒業してしばらくしてから二人が付き合い始めて、結婚することになったって半年前に聞かされて』

「うわあ、マジかあ。それで友人代表の挨拶を頼まれたんだ」

『そうです。式は二週間後なんですけど、相変わらずスピーチ原稿とか考えられなくて』

それは、そうだろう。本来なら断るべきだったんだろうけれど、それができない人間もいる。俺もそういう要領の悪いところがあるから、何となくわかった。

半ば答えを予測しながら、しようもない提案をした。

「当日、インフルエンザにかかったとか言って仮病を使うのはどう」

『そんな迷惑のかかることはできません』

だよな。君みたいなタイプは。

『このままだと私、一周回って、スピーチの場で告白とかしちゃいそうで怖いんです』

「それはダメだろ。いや、いいのかな」

『ダメですよ。わかってます。だから、こんな夜にドライブしにきて、七里ヶ浜を眺めながら黄昏れてるんじゃないですか』

「へえ。海をねえ」

一瞬、聞き流しそうになったあとで、首をひねった。

「じゃあ、どうやってここに電話かけてるの。あ、公衆電話から？」

『いえ、スマホですけど』

「スマホ？」

『はい、スマホ』

よくよく耳を傾けると、受話器の向こうからは、潮が香ってきそうなほど波の音が繰り返し響き、ごうごうと唸る風の音も時折まじった。

＊

この人、大丈夫なのかな？

七里ヶ浜の海は、波頭が立つほど荒れている。窓は開けっぱなしだ。ひどい風音のせいでこちらの声が聞こえなかったのかと思い、やや声を張った。

「はい、スマホから」

もしかして、苛立（いらだ）ちが声に滲（にじ）んでしまっただろうか。一呼吸置いたあと、トッシーが遠慮がちに尋ねてきた。

『スマホって、何？』

「何って、スマホはスマホですよ。アイフォンとか、アクオスとか、ファーウェイとかいろいろあるじゃないですか。持ち歩いて電話したり、検索したり」

嫌味のつもりで詳しく説明を加えた。

『ごめん、俺、あんまり荷物を持ち歩くの好きじゃなくて。ショルダーフォンのこと、だよな？　業界人とかが、しもしも～とかやってるやつ。見たことはあるけど、詳しくないんだ』

「――しもし～って、SNSのネタなら見たことありますけど」

何だかおじいちゃんと喋っているような気になる。いや、スマホを持ってないなんて、今どき世捨て人でもない限りあり得ない。こんなことでラジオパーソナリティなど務まるのだろうか。地元だからなみおとFMはよく聴いているけど、〝ラジオがはねたら〟なんて番組は初めて耳にする。

七里ヶ浜にあるパシフィック・ドライブインの駐車場に車を停めて、海を眺めながらラジオをチューニングしていたら、たまたま聞こえてきたのがこの番組だった。

誰かに話を聞いてほしくて、今どき、電話番号とファックスでエピソード募集なんて耳に飛び込んできたものだから、勢いで電話してしまった。

普段、ラジオに投稿すらしたことがなかったのに。こんなおかしな相手に話すくらいなら、やっぱり一人で抱え込んでおけばよかった。

「もう切っていいですか？」

『え？　いや、待って待って。せっかくだからもうちょっと話そうよ。そんなに沈んだ声のまま電話を切られたら、なんだか俺も悲しいしさ』

「でも」

いくら話を聞いてもらったところで、もうどうしようもない。彼は結婚するんだし。

こんなに伸ばした髪をどうしよう。シミひとつ出来ないように過ごしてきた日傘の日々をどうしてくれよう。

『まあ俺もさ、さっき言ったみたいに今日はショックなことがあって、誰かと話したい気分なわけ。だから、ショックを受けた同士、もっと話そうよ』

「でも私、トッシーさんのこと、ほとんど知らないですし」

『だからいいんじゃないの？　ラジオで知らない者同士だから、さっきみたいなぶっちゃけ話も出来たんじゃないかな』

「そりゃ」

そうかも知れないけれど。

確かに周りの人は誰も彼も二人のことを知っていて、とてもこんなことは話せなかった。心の奥に閉じ込めておくしかなかった想(おも)いを、よく知らない相手にだから遠慮なく話せて、おまけにほんの少し、すっきりもしてしまった。

「でも、もう言いたいことを言っちゃったし、これ以上、何を話すんですか」

『じゃあ、まずはラジオネームの由来とか？　三回転半ジャンプって何から取ったの』

「羽生結弦(はにゅうゆづる)選手のファンで、そこからとったラジオネームですけど」

『はにゅうゆづるせんしゅ？　ええとごめん、なんの選手？』

「うそ、彼のことも知らないんですか？　ネットのニュースとかでしょっちゅう出てるじゃないですか」

『ニュースはまめにチェックしてるつもりなんだけど、ネットのニュースだっけ？　それはチェックしてなくて』

「あり得ないですよ、ラジオの人が時事問題を追いかけてないなんて」

『そっかあ。俺、流行には強いつもりだったんだけど、そういうとこもダメだったかあ。実は今、けっこう自信なくしててさあ。一体どうしたらいいんだろ』

「さあ、頑張るしかないんじゃないでしょうか。頑張ったからって、何もかも報われるとは限りませんけど」

突き放すと、トッシーが『うう』と軽く呻いた。

『そうだ、さっきの話に戻るんだけどさ。とりあえず気持ちの整理のためにも、幼なじみの新郎に想いを打ち明けるっていうのはどう』

それができるなら、もうとっくの昔にやっている。

「今さらそんなことしたって、二人に迷惑がかかるだけじゃないですか。彼にだって無駄に気を遣わせちゃうわけだし」

『まあ、そういう意見もあるよね。う〜ん、ほんと、難しい問題だなあ。言うのも、言わないのも、どちらも正解って感じがする』

「ちょっと待ってください。私はお祝いのスピーチをきちんと出来ないかもって悩んでるだけで、告白するかしないかなんて悩んでませんってば」

波が寄せては返す。

七里ヶ浜に、お互いの両親と彼といっしょに、よく訪れた。幼児には少し危ない海で、それでもやんちゃな彼はずんずん入っていって、男勝りだった私も負けずについていって、二人して溺れかけたことがあったっけ。

『でもさ、自分を曲げてもいいくらい彼のことを大好きだった三回転半ジャンプさんの気持ちはどうなっちゃうんだろう』

「失恋した気持ちがどこにいっちゃうかなんて、死後の世界といっしょでわかりませんよ」

言いながら、ようやく自覚した。

失恋は、恋が死ぬことなのだ。だとしたら、私が二人に贈る祝福のスピーチは、喪主の挨拶みたいなものかもしれない。

『それじゃあ、自分の想いも告げずに二人のことを祝福するわけ？　まあ、それはそれで健気(けなげ)だけど』

「もういいです。私、そろそろ家に戻ってお別れの挨拶を書かなくちゃ」

『え、ちょっと待ってよ、話はまだ終わってないし』

「でも、スマホの充電も切れそうだし」

『あ、そっか、ショルダーフォンって通話料高いんだよね。ごめん、俺、無神経で』

「は？　だからなんですか、ショルダーフォンって」

『携帯式の電話でしょう？　あのでっかいやつ』

「トッシーさん、いつの時代の話してます？」

『そりゃ、一九八五年だよ』

「──最初から、ふざけてからかってたんですね、私のこと。今は二〇二一年じゃないですか」

トッシーの返事を待たずに、一方的に通話を切った。相手だって相当失礼だったんだから、これくらい許されるだろう。

「何なのよ、いったい──」

ハンドルの上に額を預けて大きく息を吐き出した。

『あ～、怒らせちゃったかな。やっぱダメだなあ、俺は。それにしても、二〇二一年なんて、びっくりの答えだったよ。そんなジョーク好きの三回転半ジャンプさんへ、この曲をプレゼント。チェッカーズで〝涙のリクエスト〟。泣こう』

本当に失礼なラジオだ。まだ私のことをからかっている。自分こそ、一九八五年なんて悪趣味なジョークだ。

イントロなしで、突然、歌がはじまる。

チェッカーズって、聞いたことはあるけれど、私が生まれる前の、確かパパやママの時代に流行ったグループだ。キャッチーなメロディと哀愁のあるボーカルが、弱った心に染みこんでくる。

でも私は、涙なんて流さない。こんな時でも、女の子っぽく泣けない。

明日は会社が終わったあと、新婦のメイクリハーサルに付き合うことになっている。

私は、彼女の前できちんと笑えるんだろうか。

盛大にため息をついたあとに車を発進させ、一三四号線沿いに稲村ケ崎を抜ける。

渋滞の終わった夜の道は、ひどくがらんとしていた。

＊

鎌倉駅の東口で待っていると、改札から新婦の美優が小走りで駆けてきた。

さっと手をあげて合図をした私に、美優が両手を合わせて拝む。

「陽菜子、ごめん！　会議が長引いちゃって」

「ううん、そんなに待ってないし。それにしても、また焼けた？」

「そうなんだよ。お色直しをしたあとのドレスは淡いピンクなのにどうするのってママから叱られちゃってさあ」

ねえ知ってる？　翔って色の白い子が好きなんだよ、本当は。

美優の話に頷きながら、意地悪なことを考える。自分の中を対流しつづける毒にうんざりとしながら、若宮大路に出た。ショーケースのガラスに映った私と美優は、見事に白と茶のコントラストを描いている。髪型も、肩まで届くロングヘアの私に対して、美優はようやく毛先が肩につく長さだ。

「お願いしたヘアメイクさん、式場の人が手配してくれたんだけど、誰かにメイクなんてしてもらったことないし心細くて。無理につき合わせちゃってごめんね」

「全然。私も楽しいし」

「ありがと」

突然歩みを止め、美優が抱きついてくる。

「もうすぐだね」

「うん、ぎりぎりまで手配が終わらなくて、昨日も翔君とケンカしちゃった」

「ああ、お式の準備って、けっこう揉めるっていうもんね」

新郎の名前は、翔。美優は君づけで、私は呼び捨てにしている。

翔とケンカしたことなんて、私は子供の頃から一度もない。気まずくなったことなら、一度だけあるけど。

若宮大路から由比ヶ浜に出て、海沿いをほんの少し行ったところに式場がある。

モダンな建物のすぐ脇にチャペルが併設されていて、壁一面の窓からは相模湾を一望できるのだと、いつか美優からパンフレットを見せてもらった。

もしも教会式にするなら、こういう場所がいいと私も思っていた。

受付を済ませて案内されたのは、当日は控え室として使われるという、鏡台と椅子だけのシンプルな部屋だった。鏡がやけに大きく、照明がかなりきつい。

ヘアメイクの担当は経験豊富そうな三十代くらいの女性で、美優を鏡の前に着席させると、テキパキと今のメイクをオフし、基礎化粧品で素肌を整えていった。

「少しお時間をいただくので、付き添いの方は、よろしければ隣のお部屋でおくつろぎください。お飲み物をお出しします」

控えていた別のスタッフが、声をかけてくれた。もしかして退屈そうな表情を浮かべてしまっていただろうか。

「あ、陽菜子、手持ち無沙汰だよね。遠慮しないで何か飲んでて」

「ん〜、それじゃ、もう少しできあがるまで隣の部屋にいようかな」

言い置いて部屋を出た。案内されたのは広いガラス張りの廊下にしつらえられたテーブル席で、すぐにカフェラテが運ばれてくる。

窓の向こうにはパンフレットの通りに由比ヶ浜が広がっており、そういえば何度もこの廊下を、歩道から見上げたことがあったと気づいた。

夕日が落ちかけている海の光景に、幸せそうに笑んでいた美優の顔が重なった。

思いきり憎めたら楽なのに、やっかいなことに、美優はこれまでの人生で出会った中で最高の友達だった。

大好きだった父が大学在学中に亡くなった時、おそらくどう接していいのかわからなかった他の友人達とは違って、美優だけは仏事のあと、とつぜん家を訪ねてきた。呆気(あっけ)に取られている私を思いきり抱きしめてくれた。その胸の中があんまりあたたかくて、広くて、あの日、私は父の死後、初めて涙を流せたのだ。翔もできる限りそばにいてくれたけど、私以上に泣いていたから、私は心底泣けていなかった。

あの日、父が亡くなってから初めて、ぐっすり眠れた。

体育会系でさっぱりしているようでいて、細やかなところまで気配りが利く。手先が器用で、学食に持ち込んでいたお弁当は美優の手作りだ。しかし、料理好きなんて自分には似合わないからという理由で、母親の手作りということにしていた。

そんな自信のなさに活を入れたのは私のほうだったっけ。

——美優は、かわいいよ。この手の込んだ彩りお弁当、ほんとに美優らしいよ。

美優が翔の分のお弁当も差し入れるようになったのは、計算外だったけれど。

「日に焼けてるんですけど、何とか花嫁らしくなりますか」

隣の部屋から漏れ聞こえた声で、はっと我に返った。

「ふふ、大丈夫ですよ。サーフィンですか」

「いえ、テニスで」

二人の会話を聞きながら、何となく翔から連絡がありそうな気がしていた。

昔からそうだ。私達には双子みたいに特別なつながりがある。

お互いに必要な時にはすぐ近くにいたり、どちらかが連絡をくれる時には前もってわかったりする。同じ病院の隣同士のベッドで生まれたから？　小学生になっても、時々、同じベッドで寝ていたから？　海で、山で、お日様の下でも、月の下でも、クマの子みたいにじゃれあって育ったから？

スマホをチェックする。思った通りにメッセージが届いていて、やっぱり差出人は翔だった。

『相談があるんだけど、今日の夜って時間ある？』

『いいけど、今日は美優のメイクアップリハーサルに付き合ってるから遅くなるよ』

『じゃあ、とりあえず「土手」で待ってる。美優には内緒にしてくれるか』

『オッケー、連絡するね』

メッセージを打ち終わったところで顔を上げると、いつの間にか、すぐ目の前に美優が立っていた。フルメイクを施した顔に浮かぶ怖いほど真剣な表情に、ほんの少し身じろぎをする。

「ねえ」

気づかれただろうか。

「このメイク、どう思う」

思わず、弛緩した。テニスなどという心理戦のスポーツに打ち込んできたわりに、美優は勘がそう鋭いほうではない。

「うん、すっごくきれいだよ」

「そうかなあ。なんだか自分じゃないみたいで」

確かに、今のメイクは、素人目にも美優の顔立ちをあまり活かせていないように見える。しかし、私はその事実を正直に告げてアドバイスしてあげられるほど、いい子じゃない。

途方に暮れたように、美優がつけまつげで重そうになった瞼を伏せる。

──そんな顔、見せないでよ。

こっそりため息をついたあと、一気に告げた。

「そうだね、美優は顔立ちがはっきりしてるほうだし、もしかして目元のアイシャドウをもう少し引き算したほうがいいかも。それに──」

稲村ヶ崎に落ちかかった夕日が、きつく瞳に差し込んできた。

美優と別れたあと、材木座（ざいもくざ）の待ち合わせ場所まで歩いた。

私の家のすぐ近所に、「土手（どて）」という居酒屋がある。子供の頃は親に連れられて通い、社会人になってからは小中学校の同級生達と一緒に通っている馴染みの場所だ。

「おっす」

暖簾（のれん）をくぐると、すでに翔がビールで一杯やっていた。

「陽菜子ちゃん、久しぶり。今日は二人でデートなの」

大将の娘さんである真凜（まりん）さんに、わざとらしく意味深な笑みを向けた。

「ふふ、まあねえ」

「おいおい、俺はもうすぐ結婚するんだからな」

「わかってるわよ。あんたが結婚することぐらい」

子供の頃から姉みたいに私たちを可愛がってくれた真凜さんが、翔の頭を軽くはたいた。

レモンサワーを注文しながら、ふわりと向かいに腰掛ける。翔の好きなフローラル系の香水が控えめに届く距離。小首を傾（かし）げて、翔に尋ねた。

「こんな風に呼び出すなんて、美優とケンカしたんでしょう。仕事、忙しいんですけど」

「悪い。もしかして、美優が何か言ってたのか」

「うん、少しだけね」

テーブルにさっそく置かれたサワーを喉に流しこむ。

翔と目が合った。

海水に揉まれて、少し茶色っぽくなった髪。真っ黒に日に焼けた肌。みんながうらやむような企業に就職したのに、大学時代の友達と鎌倉でＩＴベンチャーの会社を立ち上げるからと、鎌倉駅のそば、裏小町通りにオフィスをオープンしたばかりだ。

すっかり油断していた。だって普通、そんなタイミングで結婚なんてする？　二人から報告された時は、晴天の霹靂だった。

「さっぱりした子だし、もう気にしてないんじゃないの」

「いや、ケンカの理由が理由だからさ」

「お式の中身のことで揉めたんじゃないの」

「まあ、きっかけはそうなんだけどな」

翔が、ジョッキに少し残っていたビールを飲み干した。喉仏が上下するのを目で追ってしまう。

「本当は、陽菜子みたいな女らしい子が好きだったんでしょうって、なんか泣いてた」

「え？」

混乱して、サワーのグラスについた水滴を無意味に指で潰す。

「ごめん、前後関係が見えないんだけど、なんでそんなにこじれちゃってるわけ」

「さあ。式があんまりさっぱりした進行だから、両親への手紙とか、ブーケトスとかもう少しイベントを入れようって言ったんだ。結婚式って、女の子の夢でしょって。そしたらあいつ、めちゃくちゃ怒り出しちゃって」

「その流れで私の名前が？」

愛されてるって本当はわかってるくせに、わざわざ私を引き合いに出してまで、翔を試すような真似をしたの？

割り切れない想いが怒りに変わらないように注意しながら、ゆっくりと息を吐き出した。

翔の日に焼けた顔が、途方に暮れている。

私の大好きな、奥二重の切れ長の目。酔うと少し赤くなる耳。高い鼻梁の下に、薄い唇が微かにへの字に下がっている。

ねえ、私達、一度だけキスしたことがあるよね。

翔はきっと、覚えていない。大学四年の春、当時付き合っていた彼女に振られて、やっぱりこの店でベロンベロンに酔っ払って。私がどうにか肩を担いで家まで連れて帰る途中だった。

「サンキューな」

次の瞬間、翔の顔がすぐそばにあった。

世界が止まって、再び動きだした時には、翔は道の脇にしゃがみ込んで盛大に吐いていた。次に会った時、かなり気まずくて、どうしていいのかわからずにいた私に対して、翔はびっくりするほどいつも通りで、ああ覚えていないんだなって思った。

初めてのキスじゃなかった。翔が誰かと付き合っている間、自棄になって、私のことを好きになってくれた人と付き合ってみたりもしたから。

でも、やっぱりあれは、好きな人とのファーストキスだった。

「聞いてるか？」

いつの間にかこちらを覗き込んでいた翔との距離が近くてのけぞる。

「うん、ごめん。ちょっとぼうっとしてた」

「頼むよ、俺、ほんとどうしていいかわからなくてさ」

憮然とした表情でビールを飲み干す姿が、悔しいくらい愛おしい。

残念ながら、同じ相手を好きな者同士、美優の気持ちが痛いほどわかった。

美優はきっと、不安なのだ。翔が好きすぎて、今が幸せすぎて、怖くて、怖くてたまらなくて、思わず翔を試してしまったのだ。

「なあ、あいつ、天然なのかな」

「はい？」

「だから、天然でああいうこと、聞いてきたのかな」

質問の意図がつかめず、曖昧に首を傾げた。

「天然かどうかはわからないけど、翔はなんて答えたの？　それが大事でしょ」

「そりゃ女らしい子が好きだよって答えたあと、つづきを言おうとしたけど、あいつ怒って出ていっちゃって。それからいくらメッセしても電話しても音沙汰なし」

「そりゃまあ、その答えじゃね」

翔が項垂れる。

「なんでだよ。俺、正直に答えただけなんだけど」

「――だよね」

だって、翔は美優が、私なんかよりよっぽど女らしいってこと、わかってるもんね。

ただその気持ち、きっと美優は知らないと思うよ。

私は、こんな痴話げんかの愚痴に付き合って、どうして自ら傷口に塩を塗るような真似をしているのだろう。

バカらしくなってサワーを飲んでいるところに、真凛さんが料理を運んできた。

「はい、これ、私が考えた新作。タコメンチ。サービスするから味の感想を聞かせてくれない？」

「やった。そういえば今日はどうして真凛さんが配膳なの？　桂子さんは？」

真凜さんは普段、「土手」の跡継ぎ修業のために大将といっしょに厨房に入っているから、配膳は大将の奥さんである桂子さんが切り盛りしているのだ。

「今日は奥の祠のご祭礼日でさ、ママが祝詞を上げてるんだよね。二人とも、ここの奥に古い祠があったの、覚えてないかな」

「ああ、何となく覚えてる」

翔が目を細めた。

この店の奥には、居住空間と店舗の間に中庭があって、私達が子供の頃には、常連の子供達を相手に、ヨーヨー釣りやボールすくい、輪投げなど、小さな夏祭りが行われていたのだ。

あの頃に戻りたい。結婚式の日だけでいいから。

タコメンチを食べながら、暢気に「うめえ」と感動している翔のおでこを小突きたくなった。

「それにしても、なんであの答えで怒り出すんだか。陽菜子からもさ、あいつにフォローしといてくれよ」

「ちゃんとメイクアップリハーサルに来てたんだし、まだ結婚するつもりはあるんでしょ？ そこまでは怒ってないと思うよ」

「まだ、とか言うなよ。ひっで」

いつも、何でも打ち明けてくる美優が、今日は詳しいことを何も言ってこなかった。もうすぐ翔と結婚する花嫁らしく、愛されていることがよくわかる輝くような笑顔を浮かべていた。

前日にそんな大きめの喧嘩をして、しかも私のことを引き合いに出していたのに、当の私に向かってあの笑顔？

「ねえ、二人ってさ、ちゃんと上手くいってるんだよね」

「もちろん上手くいってるよ。あれはただの喧嘩、だよ」

翔が落ち着かなげに、右手で握りこぶしをつくって、開く。

その結んで開いてをするから、私も翔のママも、すぐに翔の嘘に気がついちゃうんだよ。

「それならいいけどね」

誘惑してしまおうか。今ならまだ誰のものでもない。伸ばしかけた手が、翔の声で止まった。

「悪い、変な心配かけちゃったな。友人代表の挨拶、頼むわ」

私が人魚姫だったら、最後の夜に王子を刺すだろうか。

帰り道、バーに行くという翔と別れて一人、材木座海岸の暗い海を見て思った。

＊

材木座の端にある『エンドレスサマー』は、サーフィンやサップのクラブハウスで、カフェも併設している。オーナーは、鎌倉一中で兄の陸上部の先輩だった長谷さんだ。長谷さんが結婚を機にオープンしたカフェスペースのカウンターには、いつも奥さんの美香さんが控えていて、相模湾と富士山、江ノ島がそろってみられる絶景ポイントでもある。

「陽菜子ちゃん、どうかした？　なんだか少し元気がないみたい」

美香さんがこちらを覗き込んだ。日焼けした肌に少し明るい髪色。ショートボブが、中性的なくっきりとした顔立ちにすごく似合っている。

「そんなことないですって。あ、翔の結婚式の挨拶、ぜんぜん思いつかないせいかな」

「あの翔君が、もうすぐお式なんだよね。こっちに戻ってきてからは、毎朝ボードを取りに来てるから、ぜんぜん実感が湧かないなあ」

「ほんと、式の準備も仕事も忙しいみたいなのに、よくやりますよね。朝の五時くらいに、翔が玄関の柵を開く音で目が覚めちゃうんですよ、私」

「そうなんだ」

一瞬、美香さんが私をじっと見つめる。吸い込まれそうなくらい大きな瞳。二十代の頃、ミス・鎌倉だったこともあるらしい。

「子供の頃からいっしょだと、かえって内容に迷っちゃうかもね」

「おまけに新婦とも友達だから、ほんと、何をどう整理して書けばいいのか」

テーブルの上に乗ったA4サイズのノートは、来た時と同じく真っ白のままだ。ノリのいいソウルが流れる店内を、夕日が赤く染めていく。

「私、断ったことがあるんだ」

出し抜けに、美香さんが言った。

「え？」

「私もやっぱり新郎のほうと友人で、新婦はあとから知り合ったの。で、私と新郎の仲を疑われて、すんごく稚拙な嫌がらせされちゃってね。私も若かったから、それを可愛い嫉妬とは思えなくなっちゃって」

どうして私に、そんな話をするんですか。

美香さんの瞳がすべてを見透かしているみたいで、聞けない。

なんだか息苦しくなって、話題を変えた。

「あははは。美香さんがそんなことするなんて、意外。そう言えば美香さん、鎌倉なみおとFMって聴いてます？」

軽く微笑(ほほえ)んで、美香さんが頷いた。

「車の移動中にたまにね。この間の夜、おかしな番組を聴いて。どうして」

〝ラジオがはねたら〟っていう番組なんですけど」

「夜はあんまり運転しないからなあ。あ、でも凌太(りょうた)はラジオが好きでけっこう聴いてるから知ってるかも。あの子、たまに納屋にこもってトランジスタラジオなんていじってるみたいだし」

「そうなんだ。じゃあ、こんど聞いてみますね」

あのおかしな番組に電話までかけて、感情をさらけ出して、あげくの果てに怒りにまかせて通話を終了してしまった。また電話ちょうだい、なんて言っていたけれど、あの人の好(よ)さそうなパーソナリティも、さすがに少し気分を害したかもしれない。

美香さんと少し喋ったあとで帰宅し、自分の部屋の机にやっぱり真っ白なままのノートを広げて低く唸った。

開いたページに突っ伏して目を閉じる。まず翔の笑顔が浮かんで、その次にウェディングドレス姿の美優の姿が並んだ。ずっとショートヘアだったのに、髪を伸ばそうと思うなんて言い始めたのは一昨年の夏だったっけ。思えばあの頃から、彼女は式を意識していたのかもしれない。

美優は、女三人姉妹の末っ子だ。見た目こそさばけているけど、翔が惚(ほ)れるだけあって、中身は相当、女らしい。料理や掃除、お裁縫なんかも完璧。手先の器用さを活かして、テニスの遠征の時は、サークルのみんなに手縫いのお守りを用意していた。相手を立てて一歩引くことも知っていて、今どき珍しい大和撫子(やまとなでしこ)なのだ。

私みたいに、がさつな兄といっしょに海や山を駆け回って育ってしまうと、どんなに演じてみたって、翔好みの女らしさなんて手に入るはずがなかったのかもしれない。

ああ、嫌になる。もう何年も同じ迷路の中にいる。もはや出口にたどり着きたいのかどうかさえもわからなくなっている。

がばっと上半身を起こして、立ち上がった。

階段を駆け下りる途中で、「陽菜子、はしたないわよ！」とママの声が響いた。身内とはいえ、言いにくいことを平気で言う。

「ちょっと車借りるね」

「こんな遅くにどこに行くの」

「ドライブ」

返事を玄関に放り投げて、家を出た。

夜の一三四号線は上下線とも空いていた。

ラジオを鎌倉なみおとFMにチューニングしてみると、波音に似た雑音しか響かない。

「今日はもう終わりかな」

それでも、妙にその雑音が心地よくて、他の局に合わせせないまま藤沢に向かって車を走らせた。いちど信号で止まったきりで車はスムーズに進み、この間と同じパシフィック・ドライブインの駐車場に駐車する。

海は、この間とは違ってしんと凪いでいる。エンジンを切ろうとして手が止まった。

唐突にカーラジオの雑音が止み、音楽が流れ始めたのだ。

「ユーロビート、だっけ」

ラジオからごくたまに流れてくるのを聞くだけの、パパやママの時代より前のヒット曲だ。曲にかぶせて、やけに脳天気な声が響く。

『ハ～イ、湘南のみんな、波に乗ってるう？　時刻は二十三時ジャスト。〝ラジオがはねたら〟の時間がやってまいりました。お相手はDJトッシー。今夜も、由比ヶ浜の波音が響くここ、なみおとFMのスタジオからお届けしまっす。終わりまで全力で波に乗ってしゃべりまくるんで、よろしく！』

「この放送、またやってる」

この間は、このオープニングが終わってから放送を聴き始めたのだろう。妙にレトロ感のあるしゃべりが逆に新鮮で、女子高生あたりに好まれそうな香りがする。

『今日の湘南はどしゃぶり、一三四号線を挟んでスタジオから見える由比ヶ浜が、雨に煙ってぜんぜん見えない状況です。ソバージュヘアが広がりまくりの君も、スーツの肩パットがぐっしょぐしょに濡れちゃった君も、運転中のみんなも、ご機嫌でいこう。それじゃ一曲目、A―haの〝テイク・オン・ミー〟』

思わず、車の外に目をやった。

フロントガラスの向こうには星の浮かぶ夜空が広がり、由比ヶ浜もクリアに見えている。

「晴れてるよね」

ラジオから聞こえてきたのは、どこかで耳にしたことのある懐かしいメロディだった。ただ、イントロがやけに長い。ラジオでなければ、完全に飛ばして聴くレベルだ。

メランコリックな曲が流れ終わると、再びトッシーが喋りだした。

『今日はこんな天気だけど、昨日はものすごい晴れだったよね。最高の波だったから、朝五時くらいからサーフィンして、バイトして、午後の放送が終わったあとは、大学時代のダチといっしょにマハラジャに出かけちゃいました。ディスコ大好き。さて、そんなわけで今日のテーマは、〝踊り出したくなった出来事〟。みんな――』

トッシーがこの間と同じように電話番号とファックスを告げている。何だか動悸がした。

この放送、おかしい。

まさか、本当に一九八五年から届いてるとか？

いや、さすがにそれはない。きっと、一九八五年という設定で放送されていて、当時の天気をもとにして喋っているのだろう。でも、何のために？

鎌倉なみおとFMのフリーペーパーがトランクに積みっぱなしだったことを思いだし、車を降りる。途端に潮の香りがついた風に、ストレートの髪が吹き上げられた。そう言えば、ソバージュへアって一体、どんな髪型だったっけ。

急いでフリーペーパーを取り出し、再び運転席へと戻った。

最初のページにある地元グルメの特集記事や地域のイベント情報をめくり飛ばし、放送スケジュールの欄をチェックする。

〝ラジオがはねたら〟の放送開始時刻は二十三時。しかし放送欄は二十二時までで、次の番組が記載されているのは翌朝七時からだ。つまり、その間は番組がないということ。

「どういうこと」

じっと放送欄に目を落とす。

もしかして、個人がラジオの電波を乗っ取ったのだろうか。何だかちぐはぐなトークも、ちょっと古くさい選曲も、素人の一個人が行っていると考えれば納得がいく。

そうか、きっとおじさんがバブル時代を懐かしんで、それっぽい放送を垂れ流してるんだ。しかも盗んだ電波で。それにしては声が若々しかった気がするけれど、声なんてどうとでも偽れるものかもしれないし。

でもそれって、犯罪じゃないの。

自分の推理に動悸が激しくなる。深呼吸を繰り返してから、駐車場をあとにした。

鎌倉なみおとＦＭのスタジオは家に帰る道の途中、ちょうど由比ヶ浜を望む道沿いに存在している。

もしトッシーが放送電波を乗っ取ったのだとすれば、彼自身は別の場所にいるはずだから、放送の終わったブースは明かりが消えているに違いない。

大人になったら、みんな欲望を抑えて生きている。好き放題やって誰かに迷惑を掛けたり、傷つけたりはしない。私だってそうだ。翔への想いをどうにかこらえてやり過ごそうと、毎日こころを血だらけにして葛藤している。

それなのにトッシーは——。

ただの八つ当たりだと頭の片隅では気がつきつつ、どうにかしてトッシーの不正を暴いてやりたくなった。

奇しくも車は、鎌倉なみおとＦＭの前に差しかかる。さっと目視すると、道路に面したスタジオブースは真っ暗でブラインドが下りていた。

やはり、彼はどこかで電波をジャックしているのかもしれない。

居場所を突き止めることはできなくても、不正を暴くことはできる。一三四号線沿いのコインパーキングに駐車すると、助手席のバッグからスマートフォンを取り出した。

ここまで来る間も、トッシーは能天気にしゃべりつづけている。

履歴から鎌倉なみおとＦＭの番号を探し、リダイヤルした。

『は〜い、もしもし、電話ありがとう！　まずはお名前教えてちょうだい！』

「三回転半ジャンプです」

『三回転半ジャンプって——あ！　この間、一方的に電話を切った子だよね。なんか俺、怒らせちゃってさあ、ごめんね。どう？　その後、元気？』

あの打ち明け話を聞いたあとで、よくそんなことを尋ねられるものだ。呆れ半分でため息をつく。

『どうやら、状況はあまりよくなさそうだね』

「私のことなんてどうでもいいんです。それよりあなた、この電波を乗っ取って不正に使ってますよね」

狙いすましたように電波が乱れ、ノイズ音が流れる。

『ぜんぜん意味がわからな——だけど、どうしてそん——違いしちゃったのかな。ごめん、天気のせい——電波悪——』

「天気っていうか、まず、湘南は雨の一滴も降ってませんよね。一九八五年当時の設定なんてどうでもいいですから」

『当時？　設定って――』

声に滲む困惑が作為的なものだとしたら、きっと、おそろしく腹黒いタイプだ。

「今、由比ヶ浜を眺めてますけど、まったくの晴れですから」

『おかしいでしょ、そんなの。だって、俺の見てる由比ヶ浜はどしゃぶりだよ？　建設途中の海の家だって雨でかすんでるし』

「何言ってるんですか。海の家、今年は中止じゃないですか」

『――ごめん。三回転半ジャンプさん、君のいる由比ヶ浜と俺の見てる由比ヶ浜って、同じ？　海の家が中止なんて、そんなの夏がこないよ』

あくまで惚(とぼ)けるつもりなのか、トッシーが食い下がってくる。

「由比ヶ浜が二カ所にあるわけないでしょう。鎌倉なみおとFMなんて、そうどこにでもある名前じゃないですし」

『だよな。でも俺の見ている湘南は、確かに雨が降ってるんだよ。まさか、スタジオの目の前だけピンポイントってことある？』

本気で狼狽(うろた)えているのか、トッシーが素のしゃべりになっていた。

「局所的なゲリラ豪雨ですか？　でも、由比ヶ浜方面には雲の一つも見当たりませんけど」

『ゲリラ豪雨って、すごい表現だね。メモっとく』

「いい加減にしてください。私、さっき鎌倉なみおとＦＭのスタジオの前も通ってみたんです。ブース、真っ暗でしたよ。それに、この時間に放送してる番組なんてないじゃないですか」

『あ〜』

顔も知らない相手なのに、なぜか、頭をくしゃくしゃと掻きむしるトッシーの姿が脳裏に浮かんだ。

『半分は三回転半ジャンプさんの言う通り。〝ラジオがはねたら〟、なんて番組、正式には存在しない。でもあとの半分は単にカマをかけたでしょ？　俺、なみおとＦＭのスタジオブースにちゃんといるもん。照明もつけてるし』

「嘘言わないで。私、本当に前を通ってきましたってば」

『わっかんない人だなあ。そう言われても、俺、ちゃんと座ってるし』

「うわ、ラジオパーソナリティが、そんなケンカ腰でいいんですか？　へえ、傷ついたリスナーに、そんな強い口調で迫るなんて、さすが偽物ですねっ」

『おいおい、いい加減にしてくれよ。そっちこそ、リスナーだからって言っていいことと、悪いことがあるだろう？　そりゃ俺は下手くそだよ？　半人前だよ？　だからって偽物って、偽物なんて――』

声に詰まった次の瞬間、トッシーはあろうことかさめざめと泣き出した。

「まさかだけど、酔ってる？」

もはや敬語を使う気もしない。

『酔ってないよ。缶チューハイ一本くらいで酔うわけないだろ』

めんどくさ。

そういう今の自分自身も大分面倒なやつだけれど。

泣き声を聞きながら、ぽつりと呟いた。

「こんなことするなんてプロとも思えないし、もう偽物以外あり得ないよね。もう正直に言いなさいよ」

『だから、違うんだって――待てよ』

少し黙ったあと、トッシーが声を上げた。

『電話は？　君のかけた番号って、どこにつながってる？』

「そりゃ、あなたが放送で告知した番号だけど、どうせ偽物でしょ。待ってください、今、ナビで確かめるから」

「ナビ？　なに、それ」

訝る相手の声を無視して、車のナビに電話した番号を打ち込み、目的地検索をかけた。

おそらく、鎌倉なみおとFMとは縁もゆかりもない、個人の自宅が特定されるはずだ。はずだったのに。

「あ、れ？」

打ち込んだ電話番号の目的地として表示されたのは、まぎれもなく鎌倉なみおとFMだった。

「どうして？　そんなはず——あ、あなた、電話までジャックしてるってこと？　信じられない、ラジオも電話も乗っ取るなんて犯罪だよ。今すぐ通報します」

『いやいやいや、電話をジャックするなんて刑事ドラマの見過ぎ。通報なんてしたら、不審者扱いされるのはそっちだぞ』

「うっわ、今度はリスナーを不審者呼ばわり？　まだしらばっくれるんですか」

『それはこっちの台詞(せりふ)——て、ほんっとに頑固な人だなあ。そんなかわいげのない返事ばっかしてると』

「かわいげなくて悪かったわねっ」

こちらもつい、叫び返した。向こうは向こうで、苛々(いらいら)と言い返してくる。

『確かに俺は、昼の番組が終わったあと不正にスタジオに忍び込んで、こうして放送ブースに座って喋ってるけど、でも——』

「やっと認めたね？　少なくともブースはジャックしてたんだ。じゃあ、通報します」

『だからっ。忍び込んだって言っても、職場に夜、戻ってきただけなんだっつーの。聴いたことないかな、DJトッシーの〝グッドバイブレーション〟って午前中の番組』

「さあ」

『あっそ。まあ、そんなに人気の番組でもないしな』

しょぼくれた声に、危うく同情しかけてしまった。

「と、とにかく、嘘言ったってだめだから。私、ほんとに今さっき見たんだからね。なみおとFMのブースは真っ暗だった」

責め立てた私に、再びムキになった返事が来るかと思ったら、トッシーはぽつりと呟いただけだった。

『――不思議だなあ』

「何がですか」

『いや、こうして声はつながってるのに、こっちの由比ヶ浜はザーザー降りで、そっちは晴れてるなんてさ。それに――もうこうなったら打ち明けるんだけど、実はもっと不思議なことがある』

あまりにも思わせぶりな口調に、つい尋ねてしまった。

「なんですか、それ」

『今、操作盤に電源を入れてないいんだよ。あ、操作盤っていうのは、ラジオの電波に俺の声を乗せるための機械ね。なのに、こうして放送が三回転半ジャンプさんの元に届いてる』

「私のこと、煙に巻こうとしても無駄だから」

相手は犯罪者だ。こちらをファンタジーな世界に引きずり込んで、丸め込もうとしているとしか思えなかった。

『いや、本当の話だって。俺は操作盤に電源を入れずに、独り言として喋ってるだけ』

「つまり、本当なら、放送が流れるはずがないって言いたいの」

『うん。実はこの間も同じなんだ。電源なんて入れなかった。俺、それからずっとなぜなのか考えててさ』

「はあ」

『それで今、すごい結論に達したんだ。聞きたくない？』

「いや、別にいいです」

つれない返事をした私に対し、トッシーがめげずに尋ねてくる。

『三回転半ジャンプさんのいる湘南は、今、西暦二〇二一年なんでしょ』

「だから、そう言ったじゃない。で、そっちは一九八五年って設定なんでしょ」

『やっぱ、俺の言ったことを冗談だと思ってる？　でも、もしもこの放送が、本当に一九八五年のブースから時を超えて二〇二一年に届いてたら？』

「まさか。そんなことあるわけないでしょう」

どこまで人をバカにすれば気が済むのか。

ザー、ザーというノイズのあと、トッシーの声が途切れ途切れに響く。

『俺——本当に湘南——一九八五年』

そのあとは、雨を思わせるノイズ音だけが流れ、声が再び聞こえることはなかった。

＊

翌日の日曜日も、『エンドレスサマー』に赴いた。海を眺めながら、相変わらずスピーチ原稿を考える振りをしている。

そう、振りなのだ。本当は昨日来た時だって、心の底ではひと文字も考えるつもりはなかった。考えたくもなかった。大好きな人と親友の結婚式の挨拶なんて、私みたいな狭量な人間には無理だ。

「放送してない放送、か」

あのおかしなラジオ放送は、現実から目を背けるにはうってつけの対象だ。

昨日のトッシーとの会話をぼんやりと思い出しながら、再び八つ当たり精神が鎌首をもたげてくる。

あの人、よりによって時を超えた放送とか、本格的に頭のおかしなことを言い出していた。

美香さんの淹(い)れてくれたコーヒーを口に運ぶ。今日は、クラブハウスに所属しているサーファー達が束(つか)の間休んでいくほかは、お客が数人だけで静かだ。

あのあと、いくらチューニングをやり直しても、あの放送にはつながらなかった。

俺の湘南は一九八五年。ノイズ混じりだったけれど、トッシーは確かにそう言った。

もちろん信じたわけではないけれど、スマホに西暦を打ち込んで検索してみた。

時はバブル。円がジャパンマネーと呼ばれ、世界中でもてはやされていた頃。大学生はクルーザーを貸し切ってパーティを開き、皆が万札を振ってタクシーを止めていたという。

「すっごい時代だなあ、バブルって」

思わず呟くと、美香さんがカウンターの向こうで頷いた。

「バブルを経験してる大人達って今も楽しそうでいいよねえ。おしゃれだし。私は小学生だったから実感なかったけど」

「俺は経験してたよ。ほんの五分の撮影のためでもハワイに飛んだりして、いい時代だったなあ。ま、俺はいつでも今が一番好きなんだけどね」

懐かしそうに目を細めたのは、テーブルを一つ挟んだ席に座っている腰越(こしごえ)さんだ。元テレビマンだったという彼は、確かもうすぐ七十歳だと言っていた。五十代で早期退職をしてサーフィン三昧の日々を送っている。いつ見かけてもおしゃれだし、何だか楽しそうだ。

腰越さんの周りに漂うあっけらかんとした楽観が、どこかトッシーと重なった。これが、バブルの空気感というやつなんだろうか。

「わざわざこんなでっかい携帯電話で、外から電話をかけたりしてたんだよ」

「それ、テレビで見たことある。ちょっとしたショルダーバッグより大きいんですよね」

美香さんが腰越さんのグラスに水を足しながら笑った。

「そうそう、だからショルダーフォン。しかも重くてねえ」

二人の会話を聞きながら、どくんと心臓が跳ねた。

トッシーも、ショルダーフォンとか何とか言っていた。荷物を持ち歩くのは好きじゃないとも。あの時は何を言っているのだろうと思ったけれど、今聞いたくらいのサイズなら、確かに荷物と呼びたくなる。

急いで『バブル期　携帯電話』で検索してみると、確かに、ショルダーフォンなる大きな肩掛け電話が表示された。

「さて、と。それじゃ、今日はそろそろ畑に顔を出すかな。じゃあ、また」

腰越さんが席を立つ。まだお昼を少しすぎたばかりで原稿を考える時間だけはたっぷりとあった。

トッシーがいると主張する一九八五年とはいったいどんな時代だったのか。タブレットで検索をかけてみると、主な出来事が列挙された。

この年、阪神が初の日本一に輝いて、例のショルダーフォンが発売され大ヒットした。日本の首相は中曽根康弘。NTTとJTが誕生し、つくば万博が開催された。

映画好きな大学の先輩に勧められて観た『ビルマの竪琴』はこの年の公開で、グリコ・森永事件という怪事件も起きていた。衛星放送はこの翌年、NHKから始まったらしい。一万円札の人物は、この頃から変わっていないこともわかった。今は女優や俳優として活躍する人達が、昔アイドルとして活躍していたことも。

今から約四十年も前、両親ともまだ中学生だったはずだ。

「そんな昔のラジオが聞こえるわけないでしょ」

それでもなぜか、トッシーの言うことを否定しきれない自分がいる。声しか知らない、ほんの少し話しただけの相手だった。短気だし、酔ったまま喋るし、冷静に考えれば頭のおかしな発言をしているはずなのに。昨日のことを改めて思い出してみると、なぜか嘘をついているようには思えなかったのだ。

確かめてみようか。

鎌倉なみおとFMの関係者に聞いてみれば、当時、トッシーというDJがいたかどうかわかるかもしれない。いや、もしかして約四十年後の本人に会えたりするかも。

仮に嘘だったら、やっぱり嘘だったと笑えばいい。

「美香さん、また来るね」

白いままのノートをバッグに放り込み、外に停めてあった電動自転車にまたがった。

週末、この辺りは圧倒的に自転車が便利だ。車が延々と連なる昼すぎの一三四号線を、自転車で七里ヶ浜へ向けてすり抜けていく。

江ノ島の背後に気の早い入道雲が浮かんでいて、冬の間はほぼ毎日くっきりと映える富士山が、今はもう見えない。

十分ほど走ると、鎌倉なみおとFMの本社ビルにたどり着いた。海に面したブースでは、きれいな女の人がマイクに向かって放送している最中だった。

通りを一本入ってビル正面へと回ると、白い壁に『KAMAKURA　NAMIOTO　FM　88・9』とポップな文字が並んでいて、椰子(やし)の木のイラストレーションが描かれていた。

勢いでここまで来てしまったものの、いざ、ドアを開けようとすると足が止まる。

仮にも公共の放送局だ。予約もせずにこうしてやってきてしまって、不審者扱いされないだろうか。

ごくりと唾を飲んだ次の瞬間、向こうから勢いよくドアが開いた。

アロハシャツに短パン、真っ黒に日に焼けた六十代くらいの男性が、私の姿を認めて破顔する。

「よっ、遊びに来たの？　さ、入って入って」

「え？　あの――」

強引に私を中に招き入れると、自分は「今日はもう帰るから」と去っていってしまった。あとの空気にアルコールの香りがふんわりと漂っている。

外から見るよりも広々と感じられる内部には、受付らしき受付もなく、入ってすぐの右脇にあるちょっとしたスペースで、テーブルを囲んだ大人達がわいわいと酒盛りをしていた。

「あれ？　リスナーさん？　ゆっこならもうすぐ放送が終わってここに合流するから、待ってれば？」

声を掛けてきたのは金髪をポニーテールにした女性だ。他には小学生くらいの息子を連れたパパ、それに私と同い年くらいのショートカットの女性もいる。

「さ、飲も。っていうか初めて見る顔だね。あ、もしかしてリスナーじゃなくて、ゆっこちゃんの友達？」

次に話しかけてきたのは、ショートカットの女性だ。

「いえ、そうじゃなくて、あの」

皆の陽気さに気圧(けお)されて突っ立っていると、オフィススペースから若い男性が慌てて出てきた。

「すみません、もしかしてお約束ですか？　ちょっと皆さん、お客様を困らせないでくださいよ」

注意された人々は「ごめんごめん」と悪びれもせずに宴会をつづけている。

「失礼しました。うち、よく近所の人達やファンのたまり場になってて。それで、どういったご用件でしょう？」

「実は、昔のパーソナリティさんのことでちょっとお尋ねしたいことがあって」

「昔の、ですか」

男性は、後ろを見渡すと、オフィススペースの中程にある小テーブルへと案内してくれた。

さっとコーヒーが出され、着席を促される。

「すぐ帰りますから、お構いなく」

「いいんです。ちょうど休憩を取るところでしたし」

オフィス部分には他に人の姿はなく、通路を隔てた隣のスペースには、パーソナリティやディレクターだという人々が忙(せわ)しなく作業をしていた。

「それで、昔のことというのは具体的には？」

「はい。実は、トッシーという人が、一九八〇年代にここでラジオパーソナリティをしていたかどうか知りたいんです」

少し意外な質問だったのだろう。男性はきょとんとしていたけれど、すぐに立ち上がった。

「その頃に働いていた人間が今の社長なので、電話で聞いてみますね」

いったん自席へと戻ると、電話で社長と話しているようだった。手持ち無沙汰になり、改めて辺りを見回してみる。棚の中にはビルボードチャート年鑑が並び、それ以外の場所にはＣＤケースが収められていた。

ＣＤを取りにきた男性と目が合い、愛想良く手を振られて曖昧に微笑み返す。

「お待たせしました」

「あ、はい」

男性が頭を掻きながら再び着席する。

「トッシーさんですよね。確かにその方、一九八〇年代に、うちのラジオ局でＤＪをしていたみたいです」

男性が、テーブルで酒盛りをつづける先ほどの人々に目を遣る。

「実は、あんな風にリスナーさん達が訪ねてくる文化をつくったのは、トッシーさんだそうです。なんでも、どんな年代の人でも、懐に入っていくのが上手だったそうで」

「はあ」

私の知っている、あの失礼で偽物っぽいトッシーとは別人かもしれない。もしかして、トッシーという名前自体も騙っているものではないだろうか。

「それで、今は」

「ええ、もう辞めて大分経つみたいで。今は社長も連絡を取っていないそうです」

「じゃあ、夜にここでラジオ放送をしているなんてこと、ないですよね」

「残念ですが」

男性にお礼を言って別れ、再び自転車にまたがった。

バブル時代、本当にトッシーというＤＪが鎌倉なみおとＦＭで放送をしていた。

再び一三四号線へと出て自転車を止め、ぼんやりと七里ヶ浜を眺める。

「まさか、まさかね」

勢いで調べてはみたけれど、昨日と同じで、やっぱり否定も信用もしきれなかった。

陽射しを受けて輝く波打ち際を、小さな男の子と女の子が手をつないで駆けていく。

あとから、母親らしき女性二人が談笑しながら追いかけていた。

私と翔も、あんな風にして何度も駆けた。あの頃に戻って、諦めずに何度も、何度でも想いを伝えつづけていたら、今ごろ翔の隣にいたのは私だったかもしれない。

幼い恋心は、いつ頃、本物に変わったんだろう。もともと色白だった翔の肌が、一年中、小麦色に焼けているようになった頃から？　少なくとも、クラスの女子達が翔の下駄箱にラブレターを忍ばせるようになった頃よりはずっと前からだ。

潮が引いた海岸は、他にも休日の散歩を楽しむ人々で賑わっていた。私以外の全員が、あまりにも幸せそうだった。

家に戻ると、都内で一人暮らしをしている兄が帰っていた。久しぶりに家族そろっての夕食で、母は兄を甘やかし、葉山牛のすき焼きが出た。

「「土手」にでも繰り出すか？　翔も誘ってさ」

食後、すぐにそんなことを言いだした兄に、お母さんは「落ち着かないわねえ」と苦笑している。

「やめとく。美優と喧嘩しているみたいで、面倒くさい相談とかされそうだし」

兄が、じっとこちらを見つめた。

「なに」

「いや、別に。それじゃ、ふたりで海でも行こうぜ。満月だし」

どうりで日中、潮がよく引いていたわけだ。

材木座海岸へ出て、由比ヶ浜に向かって兄と二人、ぶらぶらと歩いた。月明かりが海面に落ちて、金色の波頭がキラキラと砕けながら消えていく。

「あ〜、やっぱりこっちはいいなあ。ホッとする。俺、そろそろこっちに戻ってこようかと思ってるんだ」

「え、会社はどうするの」

「テレワークが増えてきてさ。これからは週二回くらいの出勤で済みそうなんだ」

「そっか」

「あ、でも一人暮らしするから、今、陽菜子のクローゼットになってる俺の部屋のことは心配するなよ」

兄は笑いながらビーチサンダルの先で波打ち際をはじく。

「実はさ、翔から相談されたんだ。美優ちゃんが、おまえとのことを疑ってるって。どうやって誤解を解けばいいんだろうって」

「あいつ、兄貴にまでそんな相談してたの」

「子供の頃から知ってるだろ、あの朴念仁のことは。まあ、美優ちゃんの気持ちもわからないでもないけどな。けっこう勘の鋭い子だと思うよ。さすがテニスプレーヤーって感じ」

「え？　そうかな。どっちかって言うと鈍いほう、かと——」

言いながら、声が小さくなり、波音にかき消えた。

もしかして、美優は、知ってるの？　私が、翔を好きなこと。ずっとずっと好きだったこと。

「翔もまあ、罪なやつだよなあ」

月明かりが眩しいほど海面を照らす。

だとしたら、いつからだろう。いつからあの子は、私の気持ちを？

いったいどんな気持ちで、花嫁のメイクを私に見せつけたの？

引き返す波を見つめながら、唇を噛んだ。

怒りも、悲しみも、悔しさも、すべてごちゃ混ぜのまま美優にぶつけたくなる。言ってやりたくなる。

私は、美優が知らない翔を知ってる。もっとずっと長い間、翔を知ってる。弱さも、欠点もぜんぶひっくるめて、翔を愛せる。

翔の愛を受け止める器もないくせに。いちばん幸せな時期に、ありもしないことを疑って翔を責めてるくせに。私の気持ちを知りながら、メイクリハーサルで花嫁姿を見せつけたの？

でも――あの優しい美優を、いつも人のことばかり優先しようとする美優を、いちばん幸せな時期にそこまで追い詰めたのは私だ。

「ごめん、ちょっと先に帰る」

「あ、おい」

兄を砂浜に残して、大股で家へ向かう。

自分が嫌いだ。自分こそ、ドロドロの女だ。

そもそも自分って何だろう。翔のためにこんなにも自分を押し曲げてきた。翔が好きな女の子像を目指して生きてきたのに、どうしてこんな最低な人間ができあがったんだろう。

家に戻って玄関から車のキーを取り、昨日の夜みたいに車を走らせた。鎌倉なみおとＦＭに合わせたままだったラジオは、相変わらずノイズ音を響かせている。チューニングをそのままにして若宮大路の交差点を右に逸れ、今夜も一三四号線に出た。

由比ヶ浜を過ぎ、稲村ヶ崎を抜けた時だった。

突然、ノイズ音が止み、例のあっけらかんとした明るい声が聞こえてくる。

『さあ、今日の放送はどこかの誰かに届いてるかな？　三回転半ジャンプさん、聴いてるか～い？　まあ、今までのところ君からしか反応がなかったから、俺は今日、君のために放送してるんだけどね』

慌てて、いつもの七里ヶ浜の駐車場に駐車した。

『でもまあ、普通に考えたら、もう聴かないよね。昨日みたいに、リスナーにつっかかるＤＪなんてあり得ないし。昨日は辛い時に追い打ちかけるようなトークして、ほんとにすみませんでした。ああ、やっぱ俺、まだまだだなあ』

ぐびぐびと、喉の鳴る音が響いてきた。おそらく、この間と同じように酔っているのだろう。まったく呆れたDJだ。

『ほんとは、リスナーがいちばん心を通わせてる友達、みたいなDJになりたいんだ。そういうのが得意な年下のDJがいて、これがまた凄腕でさ』

愚痴混じりのトークは、かなり聞き苦しいものがある。

私がトッシーに愚痴の電話をかけた時も、きっとこんな感じだったんだろう。

『こんな状態で俺、三回転半ジャンプさんの生きる二〇二一年の世界では、どうなっちゃってるんだろう。そもそも、まだ生きてるのかな。想像もつかないけど、相変わらず女の子達はディスコの外で一万円札を振って、ディスコの中では扇子を振ってるのかな。俺は――まだDJつづけてるのかな』

湿っぽい声で嘆くDJなんて、リスナーと揉めるのと同じくらい、まずいんじゃないだろうか。

そっとスマートフォンを手に取る。

別に、同情したとか、そんなんじゃない。この間の失礼な態度を、まだほんの少し根に持っている。かわいげがない、なんて、私がいちばん気にしてることを言って、よくも抉ってくれたものだ。それでも、しんどい時に私の嘆きを辛抱強く聴いてくれたから。

今日はそのお返しをするだけ。

スマートフォンの通話履歴からラジオ局へリダイヤルすると、すぐにコール音が止んで、勢い込んだトッシーの声が響いた。

『もしもし、三回転半ジャンプさん？』

「何？　今の愚痴っぽい放送。すごく聞き苦しかったんですけど」

相手の問いに、返事もせずに切り出した。

『君、なんか俺の知り合いにちょっと似てるなあ、そのはっきり言うところ』

「かわいげなくて悪かったね」

つい恨み節がこぼれる。トッシーが、ひゅっと息を吸ったのがわかった。

『この間は、ひどいこと言ってごめん。あとから考えて、ものすごく気にしてること言っちゃったよなあって大反省した』

「反省されると、余計ムカつく」

『え、なんで？　ああ、ダメだ。俺、ほんとに何にもわかってないんだなあ』

「正直、もっと人の気持ち察したほうがいいと思うけど、私もまあ、人のこと言えないかも」

親友の心の中で膨らんでいた不安に気づかず、自分の悲しみだけを見つめていた。この時期に、親友と新郎との仲を疑うなんて、どれだけ辛いことだったろう。

ため息のあと、早口に告げた。

「さっき喋ってた二〇二一年の世界ってやつについて一言いい？」

『え？　う、うん、もちろん』

「今の時代、ディスコなら存在してるけど、子育てを終えた大人達が通う社交場になってるって、いつかネットの記事で読んだ。あと、お札は外に出して振らないから。それどころか、お財布から取り出して使う人も減ってるよ。スマホをお財布代わりに使えるし。私はまだ挑戦したことないけどね」

『ええ？　なんか、すごいサイバー感。そういうの聞くと、うわあ、未来すげえってなるよなあ。ただ、ディスコが今と違う感じになってるのは悲しいけど』

「少なくとも、若者はいかない。もっと小さくて、好みの曲を流してくれるＤＪのいるクラブって場所で踊ってる」

『へえ、それ、なんか楽しそう。じゃあ、女の子達はそういう場所で扇子を振ってるんだ』

「だから、扇子はいったん忘れて。その光景、ＹｏｕＴｕｂｅでしか観たことない」

『ユー、何？』

「――いいの、それも忘れて」

この人はやはり、本当に一九八五年の人なのかもしれないと危うく信じかけてしまう。

『未来の女の子達って、どういう感じなの。やっぱり家ではしっかり家事をやってくれて、料理上手で、少し後をついてきてくれるような子、未来でも人気なのかな』

思わず、「うっわ」と声に出した。きらびやかに見える八十年代、女の子はかなり生きづらかったに違いない。

『え、何なに？　どうして、うっわなの』

「未来の女子は、もっとパワフルだよ。男の人のこと待ったり、収入で頼り切ったりしないから専業主婦って少ないと思うし。バブル期より対等だと思う」

『そうなの？　それじゃ、三回転半ジャンプさんって、けっこう古いタイプの女の子ってことだね。彼のこと、そんなに一途に待ってさ』

トッシーがまたずけずけといって、私の心をかき乱す。ぐびぐびと微かな音をたてて、缶チューハイを空けているらしい。

「ほんっと、言い方が無神経すぎ。友達でもそんなに踏み込んでこないよ。しかも酔っ払ってるし」

『だって俺、みんなの心の垣根を越えられるDJを目指してるからさあ』

「心の垣根って、友達だからこそ尊重するものなんじゃないの？　少なくとも、私はそうしてるけど」

『うっ。と、ところでこの〇九〇って、どこの市外局番なわけ』

あからさまに話を逸らされた。これ以上、低レベルな言い争いをしたくなくて、私も深追いは避ける。

「そっちの電話に番号表示されてるの？」

『モニターあるでしょ、だって』

「でも、八十年代の固定電話ってふつう、あの古い映画に出てくるような真っ黒いやつじゃないの」

『やだなあ、それは俺の子供の頃だよ。もうだいぶ前のレトロなやつ』

私にしてみれば、固定電話という存在自体がすでにレトロだ。実家暮らしだから、辛うじて固定電話を目にする機会があり、親が親戚とのやりとりで話してはいるけれど。

『待って。今、八十年代って言ったよね？　ってことは、俺の放送が過去から届いてるって少しは信じてくれたわけ』

「ちょっと聞いてみただけ。逆に、どうして私が未来を騙っていると思わないわけ」

過去からの放送だと言い切るのと同じくらい、未来からの電話だというのも怪しい。少し前に人気のＳＮＳで登場した未来人の呟きも、散々コメントで叩かれていた。

『だって、過去よりも、未来のほうが嘘をつきにくいでしょう？　過去の人に、これから起きる出来事を正確に予知してみせないといけないわけだし。なのにわざわざ、嘘なんてつくかなって。俺、三回転半ジャンプさんのこと、信じてるし。それに、なんでも本当のことをきっちり証明してみせなくたってよくない？　楽しかったらそれでいいし、みんながハッピーだったらオッケーでしょう』

こちらはトッシーの嘘を暴こうとして、わざわざ鎌倉なみおとFMの本社ビルを訪問までしたのに。いったいどこまでお人好しなのだろう。

「みんながハッピーなんて状況、あるのかな」

ぽつりと呟いた私に、トッシーが困った顔をした気がした。

『だよねえ』

「珍しく同意するんだ」

翔と美優に、幸せになってほしい。でも、なってほしくない。波が寄せて返すみたいに、気持ちが一瞬でどちらかに引き寄せられる。

「私が新郎のことをずっと好きだったこと、新婦は知ってたのかも。新郎は女子っぽい子が好きだから、見た目が男っぽいことを気にしてる新婦は、結婚直前でいちばん幸せな時期を、私の存在のせいで不安に過ごしてて——最低だってわかってるけど、それでも二人の幸せを心からなんて願えない」

『うわあ、正直だなあ、三回転半ジャンプさん』

「もちろん、こんなこと言えないよ、二人には。二人とも、大事な人だし。どうせ、自分の気持ちを言う勇気もないんだし」

『でもさ、この間も言ったけど、三回転半ジャンプさんは、本当にそれでいいの？』

「いい。この気持ちは墓まで持って行くつもり」

『でもそれって、選んでそうするっていうより、言えないから仕方がなくそうするって消極的な選び方でしょう。俺、そういうのどうかと思うけど』

痛いところを突かれて、むっと言い返す。

「心の垣根、越えてこないで」

『人間が死ぬ時の後悔で、いちばん多いのって、もっと冒険すれば良かったたってやつなんだって。俺、三回転半ジャンプさんは冒険してもいいと思うんだけどなあ』

「冒険の終わりに、ナイアガラの滝が待ってるってわかってるのに飛び込むなんてバカだよ」

『いいじゃん、落ちちゃったって。気持ちいいと思うよ』

「他人(ひと)事だと思って」

そうだ、そんなことを言うのは、私が告白してもトッシーには失うものがないからだ。でも私は失う。親友と初恋の相手を、同時に失うのだ。

今度は私が話を逸らす番だった。

「話は戻るけど、さっき言ってた、女は家でお料理がどうたらなんて、今の時代は通用しないからね。もう、男だから男らしくとか、女だから女らしくなんて、どんどん崩れてきちゃうから。早めに料理を覚えておいたほうがいいよ」

『げっ』

トッシーがよくわからないリアクションをしたあと、『う〜ん』と唸った。

『やっぱり、そういう未来に生きてるわりにさ、三回転半ジャンプさんって、随分、女の子らしくあることにこだわってるよね』

「え？」

意外な指摘に虚をつかれて、あとの言葉がつづかなかった。

『三回転半ジャンプさんがそんなにも好きになった相手の人って、本当に相手が女らしいとか男勝りとかで振り分けちゃう人なの？　まあ、男って単純だから、そういう部分がゼロじゃないかもだけど。相手のこと、ちゃんと人として見る人なんじゃないの？　三回転半ジャンプさんみたいに真摯な子と親友づきあいするような男の人なら』

「――私は、真摯なんかじゃないよ」

『真摯だよ。お祝いの挨拶なんて適当に書けばいいのに、そんなにも悩んでさ。二人のために、最後の最後まで自分の心を抑えようとしてる』

フロントガラスの向こうで、金色の波が滲んでいく。

「友達でもないのに、わかったようなこと言わないで」

『俺いま、三回転半ジャンプさんの友達みたいにトークできてた？』

憎たらしい口をきいた私に、なぜか嬉(うれ)しそうな声が返ってくる。

「友達っていうより、なれなれしい他人？」

さすがに言いすぎたと思って取り消そうとしたのに、唐突に電波が途切れた。

「もうやだ」

ハンドルにもたれて俯(うつむ)く。抑えていた涙が、ボロボロと落ちていき、気がつくと声を上げて泣いていた。

他人のものになんてならないでよ。今までみたいに、私の翔でいてよ。どうして、あの子がいいの。あの子より、私のほうが女らしいよ。少なくとも、見た目なら。料理だってそこそこできるし、茶道だってなかなかのものだよ？

――でも、本当はわかってる。

トッシーが言ってたみたいに、本当は女の子らしさがどうのなんて、関係ない。翔は、美優のことを人として好きになったのだ。私がどんなに女の子らしくしたって、家族みたいにしか見てもらえない。わかっていたけれど、そうとでも思わなければ、希望も持てなかった。こうやって努力してれば、いつか振り向いてもらえるかもって思っていなければ、壊れてしまいそうだった。

泣いて、泣いて、声が涸(か)れるくらい大声で泣いて。

袖をぐしょぐしょに濡らしたまま、しゃくり上げながらドアを開けて外に出た。夜の海は静まり返っている。一三四号線を、ときどき車が通り過ぎるくらいで、あとは波の音が繰り返されるだけ。

――七里ヶ浜は、子供だけで泳ぎにいっちゃいけないよ。あそこはね、ばあばが小さい頃に同級生が亡くなったのよ。

そんな話を聞かされて育ったから、小さい頃は何となく恐ろしかった七里ヶ浜が、今夜はひたすら美しく見える。

急に深くなるという海の向こうに月光が落ち、光の道をつくっていた。あの光をたどって、憂いのない世界に渡れたらいいのに。

まだ昼間の熱を孕んだ夜気のなか、膝を抱えてしゃがみ込んだ。

翔のために伸ばした髪が顔にかかって、前が見えない。

無性に会いたくなって、スマートフォンを手に取った。

タイミングを見計らったみたいに端末が光って、翔からの着信を知らせる。

私達の間だけにあるテレパシー。私達だけのシンクロニシティ。そんなの、なんの意味があるんだろう。

いつもは嬉しいこの符合にさえ、やさぐれた気分がいや増した。

「もしもし？」

『おう。なんか、どうしてるかなと思ってさ』

「翔？」

『――泣いてんのか』

「今どこ」

『七里ヶ浜のセブンだけど』

「私は今、向かいのパシフィック・ドライブインの下の浜にいる」

『はは、出た。俺ら、なんでこんなに気持ちわりいの？　すぐ行く。カフェラテでいいよな』

「ん」

こんなに通じ合っている。こんなにつながっている。誰にも、誰にも渡したくない、大切な相手を失いたくなくて、ずっと言えなかった。なのに結局、失うことになった。波が、再び滲んでいく。金色が広がっていく。こんなにも優しくて悲しい色を、人生で初めて見た。

振り向かなくてもわかった。翔が今、砂浜につづく階段を降りてくるところだ。私の背中を見つけて、わざと声をかけずに驚かそうと、抜き足差し足で近づいてくるところだ。

五、四、三、二、一。

「わ！」

ぴったりのタイミングで翔の声が響いて、びくりともせずに、カフェラテを受け取るために振り向いた。

「っとに、驚かせがいのないやつだなあ」

苦笑して、翔が大きな体を折り曲げるようにして横に座った。膝に置いた筋張った腕の先にごつごつとした大きな手。長い指の先まで日に焼けている。

どうしてこんなに、翔なんだろう。どうしてすべてで、私を苦しくさせるんだろう。

「なんかあったのか」

翔が、無防備に覗き込んでくる。

「すごく、あったよ」

じっと瞳を覗き込んだ。翔が、気圧されたように瞬(まばた)く。

砂に手をついて顔を近づけ、キスをした。

目を閉じていてもわかる。翔が今、どんな顔をしているか。

どんな風に、翔の心臓が乱れたか。

ぜんぶ、ぜんぶ、わかる。

「いつかの、お返し」

そっと唇を離して、カフェラテを飲む。

少し混乱したままぽかんとしているこの瞬間の翔の顔は、私だけのもの。

永遠に私だけのものだ。

＊

週が明けた水曜日の夕方、仕事終わりに美優とカフェで待ち合わせをした。

先についた私に気づくなり、美優の目が大きく見開かれる。

「陽菜子、髪、どうしたの」

「ばっさりいっちゃった」

「すごく似合ってるし可愛いけど、結婚式、もうすぐなのに。ヘアをアップにするって、張り切ってなかった？」

「実はね、ショートヘアに似合うドレス、見つけちゃったんだ。だから思い切ってね」

「ええ？」

すぐに言わないと、もう二度と言えない。

勢いを失わないうちに、大きく息を吸って美優に頭を下げた。

「翔のこと、よろしく頼みます。あいつ、ほんとに美優のこと好きだから」

「やだ、陽菜子、どうしたの？　顔を上げてよ」

姿勢を元に戻して、戸惑う美優と目を合わせる。

「もしかして、翔から何か聞いちゃった？」

「うん。幼なじみだからね」

言い切った私に、美優はほんの一瞬だけ何か言いたげにしたけれど、結局黙った。私も、それ以上は踏み込まない。親友同士の心の垣根ってやつだ。

「前にさ、美優のどんなところを好きになったのって、何気なく聞いたことがあるんだ。そしたらあいつ、なんて答えたと思う？」

「さあ。そんなこと、私には言ってくれたことがなくて」

まったく、翔のバカ。サーフィンバカ。海バカ。日焼けバカ。不器用バカ。バカバカバカ。

「あいつ、しばらく黙ったあとで、守ってあげたくなるとこってぼそっと言ったんだよ」

見開かれた美優の瞳が見る間に潤んでいく。

「嘘でしょう？　だって、私、こんな男っぽい外見だし、背も高すぎだし、体ガリガリだし」

「美優は可愛いよ。今こんな風に、あいつを想って泣けちゃうところも、お裁縫得意なところも、お料理が最高に美味しいところも」

どんなに装っても、翔はずっと、私の本質を知っていたんだ。それはそうだ。子供の頃からいっしょだったんだから。双子みたいに通じ合ってたんだから。本当は理屈っぽくて私が、格好だけ整えても男勝りでけっこう切り替えが早いこと。本当はいっしょに隣を歩きたい性格なことすぐ翔をやりこめられること。守られるよりも、いっしょに隣を歩きたい性格なこと。

でも、美優は違う。テニスコートにいる時は誰よりも戦略的で力強い動きをするけれど、本当はこんな風に泣き虫で、焼きもち焼きで、いつも感情が揺れていて。

翔は、そんな美優を一生そばで、守ってあげたいと願ったのだ。

「女の子らしいとか、らしくないとかじゃなくて、翔は、美優っていう一人の人間を見て決断したんだよ。その気持ち、そんなに信じられない？」

「陽菜子、私、ご――」

美優が呑み込んだ言葉を、聞き返さない。美優も、それ以上は言わない。

私も、言わない。この間の夜に起きた出来事は。

でも、翔はしばらく、私みたいに時々思い出して悩むかもしれない。昨日の夜のキスの正体を。

ざまあみろ。

美優との別れ際、ハグをして、美優の頰にキスをした。

「ちょっと、陽菜子？」

目を白黒させている美優に、にっと笑ってみせる。言わないけれど、ちゃんと返した。

「結婚式の挨拶、頑張るからね」

「ん」

美優に手を振って別れ、夜を待って車に乗り込んだ。

今日のことをトッシーに報告したかった。誰かに、話したかった。

いつものように道を走らせる。稲村ヶ崎が見えてきたら、そろそろ放送が始まる頃だ。

ノイズ音が響く。稲村ヶ崎を抜ける。

いつもならこの辺りで唐突に音声が聞こえ始める。

待ちかまえていたのに、カーラジオからはいつまでも、あのやたらと脳天気な声は響いてこない。

「はやく放送をはじめなさいよ」

窓を開けると夏の潮風が勢いよく入り込み、少女の頃以来のショートヘアを巻き上げた。

第二章　ファミリーゲーム

陽気な声が、突然、こもった空気を切り裂いた。

『今日のテーマは〝ムカついたこと〟。あるよねえ、生きてると色々と。え？　俺？　俺だってそりゃまあ、あるよ。お気に入りのLPを貸したら返ってこなかったときはほんとにムカついたし？　アイスのあたり棒を持っていったのに品切れで交換してもらえなかった時なんて神様にまでムカついたね。

そんなわけで、最近でも、その昔でも、〝ムカついたこと〟エピソード、じゃんじゃんファックスちょーだい！　もちろん、電話も大歓迎！　夜だからお間違えなくね。ファックスは市外局番０４６－７３－７７３Ｘ。電話は０４６－７３－７３３Ｘ。誰かに俺の声、届け』

もう夜の十一時だ。離れの中を照らすのは懐中電灯だけ。眠れなくて、秘密基地代わりの納屋にこもって、隅に放ってあった年代物のトランジスタラジオを適当にチューニングしていた。この間から試してるけど、壊れてるみたいでつながらない。むしゃくしゃして、八つ当たり気味にバンッと叩いた次の瞬間、突然、声が聞こえてきたのだ。

『あ～あ、やっぱり誰からも電話なんてかかってこねえよなあ。お～い、三回転半ジャンプさ〜ん、今夜もいないのか〜。あのあと彼とどうなったのよ。お〜い。一人の夜ってさ、いろいろと考えちゃって嫌なんだよねえ。ビギは今頃どうしてるのかな、とかさ』

これって、ちゃんとした放送？ それとも個人がやってる小さなFM局とか？ 妙にしんみりとした口調に、首を傾げる。

どっちにしても、誰かに聞かせるトークっていうより、おっさんの独り言って感じ。時々、生電話でリスナーとトークするラジオがあるっていうのは知ってたけど、実際に耳にするのは初めてだった。だって今どき、SNSの投稿で済んじゃうわけだし。

気温差で少し曇った納屋の窓を、海風が乱暴に叩いた。材木座海岸に面している高台の庭は、時々、強烈な暴風に晒される。眺めが最高、なんて遊びに来る人達は感激してるけど、自転車とか車の金属は容赦なく錆びるし、台風の時なんてけっこう怖い。

『お〜い、ほんとに誰もいませんかあ？ こちら一九八五年。未来の人達、聞こえてたら電話プリーズ』

いいおっさんが、何を言ってるんだろう。

歳はあいつ――義理の父親より大分若い感じがするけど、なんだかしゃべり方とかバックに流れている音楽が古くさい。もしかして本気で一九八五年から届く放送――なんてことあるわけがないか。

先月の誕生日に買ってもらったばかりのスマホを尻ポケットから取り出し、ぼんやりとラジオを聞きながら意味もなくいじった。今どき小四ともなれば、ほとんどのやつがスマホを持っている。ただでさえゲーム機がなくて肩身が狭いのに、スマホも持っていないとなると、友達からも透明人間扱いだ。

母さんに頼み込んで、頼み込んで、ようやく買ってもらった一台。画面上には友達同士のメッセージが飛び交っていたけど、オンラインゲームでの待ち合わせを決めたあとは、やりとりがぷつりと途絶えた。

「ったく、なんでゲーム機がダメなんだよ」

あいつはサーフスクールを営んでいて、やたらと運動させたがる。小学生がスマホやゲームにうつつを抜かすよりも、海と戯れているほうがいいって信念の持ち主だ。だからスマホのことは、最初から母さんだけに頼んだ。あいつに何か頼むのなんてそもそも嫌だし、俺だって勉強より運動してるほうが好きだけど、あいつにやれって言われたことって、全部やりたくなくなる。

気になって、ラジオのポインターが指し示す周波数を検索してみた。

「〝鎌倉なみおとＦＭ〟か。へえ、すぐ近くにあるんだ」

表示されたＨＰをタップしてみると、アクセスマップもいっしょに表示される。スタジオは由比ヶ浜。坂を下りてすぐの一三四号線をまっすぐ行けば、多分、チャリで十分くらいだ。

『いやあ、誰っからも連絡ないなあ。孤独だぜ』

少し離れた場所にあるペットボトルを手に取ろうと立ち上がった瞬間、何かを踏んづけてよろけた。サーフィンで鍛えた体幹で何とか踏ん張ったのはいいけど、代わりに壁に手をついてスマートフォンを壁にぎゅっと押しつけていた。

新品を壊したら洒落（しゃれ）にならない。慌てて画面を確認すると、何の拍子か、鎌倉なみおとＦＭに電話をかけてしまっていた。

「やべ」

慌てて切ろうとしたけど、焦っているせいかボタンが上手く押せない。

コール音が鳴り、ラジオからも、かぶせるように電話の鳴る音が響いた。

とうとう、誰かが電話に出てしまう。

『こんばんは、トッシーです。いやあ、ありがとうっ。久しぶりの電話だよ』

「ち、ちわっす」

やたらと明るい声に、思わず挨拶を返してしまった。間違いであることを告げる間もなく質問が飛んでくる。

『ラジオネームと今の西暦、お願いしまっす』

「西暦、ですか」

『さ、はやくはやく』

「ええと、ラジオネームは、ラジコンカーでいいや。西暦は二〇二〇年、ですよね」

『へえ、この間より過去か。つながる時代って、前後したりするんだ』

「はい？」

『いや、ええとこっちの話。さ、ラジコンカー君、声が大分若い感じだけど、年はいくつなの』

「十歳ですけど」

『うおお、小学生。大人なら早く寝なって言わなくちゃいけないんだろうけど、俺はそんな野暮は言わないぜ。楽しいよな、親の目を盗んでする夜更かしって』

「別に、このくらいの時間まで起きてるの、普通でしょ？　中受するやつらなんて今くらいに塾から帰ってきてるみたいだし」

『中受？　何それ』

この人、ほんとにＤＪなのかな。今どき中受も知らないなんて。それとも、子供がいなきゃ触れる機会もない言葉だろうか。

「だから、中学受験ですよ。まあ、俺はそんなことよりサーフィンするけど」

『受験？　中学校に上がるのに？　へえ、大変なんだな、君達も。でもそういや、都心ではそういうの流行ってるなんて聞いた気もするけど』

一瞬、沈黙が訪れた今がチャンスだ。

「あの、俺、実は間違い――」

『さ、それはさておき、お待たせしました。ラジコンカー君のムカついたこと、さっそく教えてちょうだい』

唐突にドラムロールが流れる。音が途切れたところで、『どうぞっ』とトッシーが煽った。ＤＪなのに、人の話、ぜんぜん聞く気がないみたいだ。

「急に言われても――それに俺、この電話は間違いで。だから、切ります」

ようやく言えたとホッとして通話を終えようとすると、すかさずトッシーの声が飛んできた。

『え〜、間違い？　でもほら、間違いも何かの縁じゃない。それに久しぶりなんだよお、リスナーさんから電話がかかってきたの。ね、ムカつくことの一つや二つ、あったんじゃない？　俺のこと、同じクラスの親友だと思って言っちゃいなよ』

「そんなおっさん声の小学生、いないよ」

ぼそっと呟いたけど、トッシーは、今度は何も言わずに俺の言葉を待った。

むずむずと喉の奥が疼（うず）いてる。とっさにペットボトルの炭酸をぐいっと飲んで、せり上げてくる塊を元の位置に沈めようとした。なのに、軽いげっぷとともに、そいつは吐き出されてしまった。

「義理の父親が、ムカつく」

思ったより、でかい声になった。何を思ったのか、トッシーは俺の声にエコーをかける。ムカつく、ムカつく、ムカ——。自分の声がラジオからこんな風に流れてくるのってけっこうな拷問だ。

『なるほど〜。まあ、難しいよな。お母さん、いつ再婚したの？』

神妙な声になったトッシーにも、ムカつく。別に、そこまであいつのせいで追い詰められてるわけじゃない。

「半年くらい前。でも俺の父さんって、父さんだけだし。あいつのこと、全然、父親だって思えないし」

少し、沈黙がつづく。こんなことを見知らぬ人に打ち明けている自分が嫌だ。こんな俺のこと、俺は知らない。自分の気持ちが、体の中にうまく収まってない感じがここのところずっとつづいていた。

『お母さんが再婚する時、ちゃんと反対した?』

妙に説教がましい言い方に、ムキになって答える。

「するわけないじゃん。ガキじゃないし」

『そっか。でも――』

「ってか、この放送、なんて番組?」

『番組のオープニング、聴いてくれたんじゃないの?』

「納屋でラジオの受信機をいじってたら、偶然、つながっただけ。途中からだったし、スマホいじりながら聴いてたから、番組名なんて知らないし」

『出た! 君もそのスマホとかってやつを使ってるのか。ちなみにそれって、どんな形してる? どれくらいの大きさ? 電話のほかに、検索、だっけ? 何かできることあるんでしょう』

「俺が子供だからってバカにしてるわけ」

『違う、違う。俺、ぜったいにリスナーと揉めないって、この間、鶴岡八幡宮(つるがおかはちまんぐう)で誓ってきたし』

「はあ」

ちゃんと会話はできているけど、何だかちぐはぐで落ち着かない。リスナーをこんな不安な気持ちにさせるって、ラジオDJとしてどうなんだ?

『ちなみに俺の番組の名前は〝ラジオがはねたら〟。鎌倉なみおとFMの、特別番組かな』

「普段はやってないってこと?」

『君、なかなか鋭いね。まあ、そういう風に思っておいてもらえばいい、のかな?』

どうして自分の言ってることなのに、自信なさげなんだよ。

「鎌倉なみおとFMなら知ってるけど、こんな夜遅くにやってたっけ」

独り言みたいに呟いた俺に、トッシーが唐突に尋ねてきた。

『ところでさ、具体的には、その義理のお父さんのどこがムカつくの』

「どこって、そりゃ、いちいち細かいとこ。一人で絶対海に行くなとかサーフィンのことで口出してきたり。母さんをもっと手伝えとか、暗くなる前に帰れとか、とにかくうるさい。いきなりあいつのサーフショップのおまけみたいな小さい家に引っ越すことになって、毎日寝付けないし」

『なるほど。聞く限り、義理のお父さんは間違ったことは言ってないみたいだけど?一人で海に出られちゃ、そりゃ心配だし――あ、俺いま、なれなれしい他人みたいなこと言ってた?』

ぐいぐい押してきたかと思うと、急に気弱な声になる。やっぱり変な人だ。

「別に、他人以上のことなんて期待していないから」

『うっわ、君、醒めてるねえ。ほんとに小学生？』

「本当だよ。トッシーさんこそ、ほんとにＤＪなの？　なんか、言うことが変だし」

『え、俺って変？』

「変でしょう。スマホのことよく知らないみたいだし」

『まあ、君から見たら、そうだよなあ』

素直に同意したあと、トッシーが黙る。気まずくなって、さっきの話のつづきをまくしたてた。

「一人っっても、海に行けば毎日誰かしら知り合いがいるし。いちいちあいつに父親づらされたくないよ。付いてこられたら、パドリングの仕方まで細かく指導されるし」

『なんか大変そうだなあ』

「ほんっと、まじ大変。なんであんなのが――」

『いや、君じゃなくて義理のお父さんのほうがさあ。海に人が入っていくのって、他人でも超怖くなるんだよ。俺もキモ冷やしたことあるもん。ましてや、息子ならさ』

「だから、義理のだよ。っていうか、俺の味方してくれないわけ？」

『ん～、味方するのって、何でも正しいって頷くのとは違うと思うんだけど』

露骨に苛ついた声が響いてきて、こっちもムカついてくる。

「なんだよ、あいつと同じ他人のくせにっ」

思い切り叫んだら、同時にラジオの声が雑音混じりになって、何か返事をしたトッシーの声も雑音の向こうに消えてしまった。気がつくと、電話も切れている。

「ばーかっ」

トランジスタラジオに向かって毒づいたけど、もちろん、もう返事はない。

再び静かになった納屋の中で、一人膝を抱えた。

変なやつと話なんてするんじゃなかった。話す前よりも惨めな気分になって、膝に顔を埋める。

あいつは、サーフショップオーナー兼元プロサーファーで、確かに上手い。昔はショートボードに乗ってたけど、今はロングボードに転向していて、今度はそっちでコンテストに参加しないかってしょっちゅう誘いが来てるくらいだ。

でも、挑戦しないで断ってる。多分、父さんみたいにプロ一本でやってく自信がないんだと思う。

それに、サーフィンが上手いのと、サーフィンを教えるのが上手いのとは別だ。あいつは、そうじゃない、こうじゃないって指摘が細かすぎて、体をどう動かせばいいのかわからなくなる。

父さんとは全然違う教え方。父さんはずばっと一言、問題点を指摘して、あとは自分で考えさせてくれた。俺のことをすごく尊重してくれてた。

あいつは、安全、安全ってそればっか。

父さんは、俺が小学校にあがってすぐの頃、突然消えたらしい。テーブルの上には、予め判子をついた離婚届が置いてあったって、親戚が話してた。

あれから三年。確かにそれなりの時間が経って、俺も小四になってけっこう色んなことがわかるようになって。たまに、父さんは、俺が思うほどいい男ってわけじゃなかったのかも、なんて疑うこともある。でも、俺にとってはたった一人の父さんだ。

海の生き物にも、昆虫にも詳しくて、公園に行ったら天才的に面白い遊びを発明して日が暮れるまで遊んでくれた。絵もすごく上手で、父さんが描いたヘラクレスオオカブトの絵、俺はまだ大切に持ってる。

母さんは、父さんがどこにいるか知らないっていう。

俺、父さんに会いたい。会って、また俺の知らない昆虫の話とか、サーフィンとか、人生の色んなこととか、教えてほしい。

ぐっと拳を握る。ラジオのスイッチを切って納屋を出ると、突然あいつと出くわした。

「こんな時間まで起きてちゃダメだろ。納屋で何してた」

「別に何も」

横をすり抜けようとして、とつぜん腕を摑まれた。

「離せよ」

振りほどいて、玄関まで走る。

「凌太っ」

家に駆け込んで、部屋のベッドに飛び込んだ。布団を頭からかぶって、真っ暗な空間の中にこもる。

ムカつく。あいつに起きてちゃダメなんて言われたせいで、意地でも眠りたくなくなった。

放っておいてくれればいいのに。母さんと結婚したんだから、あいつは母さんの夫だ。でも、俺とは他人。紙の上のことはわからないけど、それでいいじゃないか。無理に父親になろうとなんて、してくれなくていい。

大人なら察してくれてもいいのに、あいつはそんなことも全然わかろうとしない。

布団のなかで目を見開いて、夜を思い切り睨みつける。つけていた、はずなのに。

いつの間にか夜は通り過ぎていて、気がついた時には空が白みはじめていた。

＊

うちの朝はすごく早い。太陽が昇るちょっと前くらいから、仕事前に波乗りをする大人達が、俺の部屋の真下にあるボード置き場にマイボードを取りにやってくるからだ。

みんな脇にボードを抱えてそのまま坂を下り、小さな子供みたいな顔つきで、材木座海岸や由比ヶ浜へと繰り出していく。

父さんも、そういう大人達の一人だった。父さんがいた頃は、懐かしい俺達の家を夜明け前に出て、いっしょに稲村ヶ崎の海に行くのが日課だった。俺にとって、世界が完璧だった頃。いつの間にか、すごく昔の出来事って感じがするようになっていて、呑み込む唾が苦い。

部屋の窓から光が差し込み始めて、ボード置き場のほうから物音が聞こえてきた。

あいつのやってるショップは『エンドレスサマー』といって、国内外のメーカーのボードやアイテム販売、それに初心者から上級者までを相手にしたスクールの運営がメインだ。中にカフェが併設されてて、母さんはそのカフェを切り盛りしている。

サーフショップの中にあるとはいえ、相模湾を一望できると評判のせいか、サーフィンに興味のない普通の人もやってくるらしく、ハイシーズンの夏場は、のんびり屋の母さんも割と忙しそうにしている。

軽く身繕いしてカロリーメイトを口に放り込み、忍び足で階段を降りた。

今は、ショップもカフェもしんと静まり返っている。ウェットスーツに着替えて、そっとボード置き場に近づいていった。

一人サーフィンは禁止。

あいつには厳しく言われているけど、時々、無視してこうやって海に出る。

荒れてる海が好きだ。心の中のぐちゃっとしたものをもっと揉みくちゃにして、それをスカッと乗りこなして、でも足を掬われて波と空があっという間に反転して、塩辛い水の中に沈んだまま泡の立つ海面を見る。

そういうのを無心で繰り返しているうちに、あいつのことなんてどうでもいいって気になっていく。いつか自由になって、水平線の向こうに消えてやるって強い気持ちが復活する。

さっとボードを取って浜まで降りた。

快晴で、風は強め。

右手に稲村ヶ崎、左手の白い建物群は逗子マリーナ。犬の散歩をする人、貝殻を拾いながら歩く人、ジョギングする人。でもいちばん多いのは、こんな風の日を待っていたサーファー達だった。

水平線に向かってストレッチをして、「っしゃあ」と気合いを入れる。

「お、久しぶりだな、凌太」

声を掛けてきたのは、由比ヶ浜が産湯だったって噂されてる常連の洋介さんだ。誰もが知っている鎌倉と言えばの菓子屋のボンボンで、大学を卒業したばかり。でも、菓子づくりよりもサーフィンのほうが得意らしい。それにゲームも死ぬほど上手い。

「洋介さん、新しく出たマリオカート買ってくれた？」

「買ったけど、凌太はもうすぐテストって言ってただろ？　終わったらな」

俺の頭をぐりぐりとやってくるけど、実は俺との対戦を楽しみにしている。俺も洋介さんといっしょにいる時は、けっこう楽だ。どうせ再婚するなら、少し母さんより若すぎかもだけど、この人とすれば良かったのにと思う。

「マリオカートなら、長谷さんのほうが上手いはずだけどなあ。あの人、俺よりゲーマーだし。家でもやってるだろ」

長谷さん、はあいつの名字だ。

「ぜんぜん。てか、あの人が何やってるのかなんて、俺、知らないし」

「あの人ねえ」

頰に痛いほど視線を感じたけど、無視してやった。

「あ、いい感じの波になってきた。俺、行ってくる。洋介さんはもう上がり？」

「ばあか。子供一人置いていけるわけないだろ。もういっちょ乗るよ」

俺がいなくても乗るつもりだったくせに。

パドリングして、波間に見える水平線に向かっていく時、自分の魂がほんの十センチくらい先に行っちゃって、体だけ置いていかれてるような感覚に包まれる。ずっと前、まだ語彙が今よりずっと少なかった頃、それでも何とかして父さんにそんな風なことを言ったら、少し目を見開いたあとで「俺もだ」と頭をくしゃくしゃにされた。そういう感覚を誰に言っても、わかってもらえたことがなかったって。俺と、あともう一人だけだって。

その一人が誰なのか聞いたけど、父さんは何も答えずに海の向こうを見ていた。

俺と父さんをつなぐ感覚。血のつながった本物の親子の絆だ。

今も、十センチくらい体を置き去りにして、心が水平線と溶け合ってる。次に来る波がどんなやつなのかを風が教えてくれたら、波に乗って一気にテイクオフする。

よし！

あとはもう無心になって、ひたすら海に食われないようにバランスを取りながら、波の上を滑りつづける。今日の波は波頭が割れず、かなり乗りやすかった。

あともうちょい乗れる。

思った瞬間だった。ぐらんと世界が反転して、海の中にいた。

泡の上る方向に、朝日のかけらがキラキラと揺れている。

ああ、俺、もう海から出たくないかも。

それでもだんだん苦しくなって、一気に浮上してぶはっと空気を吸い込んだ。

最後までキレイに乗り切った洋介さんが、「まだまだだな、小僧」と芝居がかった口調で笑い、もう他の波を求めて向こうへパドリングしていった。

朝の波乗りで少しだるくなった体を砂浜で休めていると、洋介さんがジュースを驕ってくれた。

「やった」

「そういう時はありがとうございますだろ」

自分は無糖のコーヒーを飲みながら、俺の頭をくしゃりとやってくる。

「そういえば洋介さん、鎌倉なみおとFMってよく聴く？」

「うん、たまに。友達がDJやってるし」

「ほんと？　じゃあ洋介さんの友達は、DJトッシーって人のこと知ってるかな。夜の十一時くらいの番組で喋ってる人」

変なやつだった。公共の電波に、まるで独り言を垂れ流すみたいにだらだらと喋って。しかも今いち話が通じない。一体どんな相手なのか、あれからちょっと気になっている。

「友達は朝の番組担当だから、どうだろうな。今度聞いておくよ。そのDJがどうかしたわけ」

「いや、別に。この間たまたま番組を聴いたから聞いてみただけ」

洋介さんと別れて、家にこっそり帰った。

あいつが家の前で仁王立ちしてないか確認してから、抜き足差し足で玄関の敷居をまたぐ。シャワーを浴びてドライヤーで髪を乾かして、七時前には何食わぬ顔でベッドに戻った。

夜、やっぱり寝付けなくて離れに来た。

きのう棚の上に置いたままの状態で、ぼろいトランジスタラジオが放ってある。

時刻は、昨日と大体同じくらい。

スイッチを入れると、やけに派手な音楽が流れ始めた。ゲーム音楽に近い感じ？　なんか、やたらと明るくて軽い。

『湘南のみんな、元気してるう？　時刻は二十三時。今夜も〝ラジオがはねたら〟がはじまるよ。昨日は突然途切れちゃったけど、今日はどうかな。毎日がタイムトラベル！　お〜い、ラジコンカー君、聴いてくれてるか〜い』

きのう適当につけたラジオネームが唐突に呼ばれ、肩がびくりと反応した。

『すぐに解決するような悩みじゃないと思うけど、その後、調子はどう？　俺、あのあと考えてみたんだけど、超ナイスなアイデアを閃いちゃったんだよ。だから今夜も絶対連絡くれよな。電話番号は——』

どういうつもりなんだ、この人。

会ったことのない相手なのに、まるで親戚の兄ちゃんや、それこそ洋介さんみたいな話し方をする。いや、洋介さんだって、この辺りのデリケートな話題には踏み込んでこないのに、いきなり人との距離が近い。

ブツブツと文句を呟きながらも、なぜか右手が尻ポケットのスマホに伸びた。

いや、さすがにない。あんな無神経なやつと話すくらいなら、誰か友達に話したほうがマシだ。

スマホを握りしめたままクラスのメンツを思い返してみたけど、ふざけて遊びたいやつはいても、こんな話をしたいやつはいない。

ますます世界に絶望して、窓の外に目をやる。

『あ〜、今夜も孤独だなあ』

すっと胸に差したトッシーの声に、ドキリとさせられた。

別に俺は、孤独じゃない。

ただ、こういう話をできる相手がいないだけ。

じっとスマホ画面を見たあと、大きく息を吐いた。

「くそっ」

母さんが聞いたら眉を顰(しか)める言葉を吐いてスマホを操作し、リダイヤルした。

ワンコールもしないうちに、トッシーの声が耳に飛び込んでくる。

『もしもし、ラジコンカー君だよな』

喜びに溢れたトッシーの声に、つんけんと返す。

「――俺の番号、控えてたんですか」

『そういうわけじゃないんだけどさ、この放送ってあんまり沢山の人が聴いてるわけじゃないと思うから』

「昨日言ってた、特別放送だからってやつですか」

『うん、まあ、そんなとこ』

トッシーが大きく息を吐き出す。妙な間が空いた。

『あの、昨日は言うタイミングを逃しちゃったんだけどさ。ラジコンカー君は、時空を超える現象って信じるかい』

「突然、なに？」

てっきり、家族の問題にさらに深く切り込まれると思って身構えていたから、少し拍子抜けした。

「それって、タイムトラベルってこと？　信じるか信じないかで言ったら、まあ、信じない」

『小学生にしては、夢がない答えだな』

「聞かれたから答えたのに」

『それじゃ、今から信じられるようになるよ。アー・ユー・レディ？』

下手くそな英語にエコーがかかる。

『なんと、この番組は、一九八五年の鎌倉なみおとFMからお送りしていまっす。どうだ、驚いただろう』

「やっぱり俺、電話切る」

『待って待って。いやあ、未来の子供ってなんか醒めてるなあ』

「だから、さっきから何キモいこと言ってるわけ」

『キモ――何？』

スマートフォンの向こうで固まっているトッシーが見えた気がして、苦笑が漏れた。DJのくせに、日本語知らなすぎ。

「気持ち悪いってこと。今どき、大人だって普通に使うでしょ？　キモいとかエモいって」

『エモ――まあいいや。とにかく俺、そっちの時代の人じゃないんだって。一九八五年の人間なの』

「まだその設定つづけるわけ」

『設定とかじゃなくて、本当なんだよ』

「はいはい。じゃあ、もう一九八五年ってことでいいよ」

何となく憎めない雰囲気があって、きっと年上なんだろうけど、気がついたらため口になっていた。

『で、話をもとに戻すとさ。俺、昨日から、ラジコンカー君がどうやったら義理のお父さんとわかりあえるかってこと、超考えてたわけ。で、すっごいアイデア思いついたんだよ』

食いついてほしくて仕方がない空気を、敢えて無視した。トッシーが、じれたようにつづきを話す。

『やっぱりあれだよ、ファミコン。ここは、ファミコンの出番じゃないの』

「ファミコン？」

『だから、義理のお父さんの話。二〇二〇年にもきっとニンテンドーは生き残ってるでしょ』

「ニンテンドー？」

問い返すと、ガタンと大きな音がした。

『いってえ。動揺して、椅子から転げ落ちちゃったよ。まさか、もうないとか言わないよな、ニンテンドー』

「いや、全然あるけど」

『よかったあ、驚かすなよ。で、そのニンテンドーの代表的なゲーム機が、ファミリーコンピューター――ファミコンなんだよ。家族で楽しめるやつ。それも、今でもあるだろ』

「そういえば、前に見たことあるかも。カードショップの店長がディスプレイに飾ってた」

　トッシーが沈黙した。

「もしもし？」

『それってもしかして、ファミコンはもう現役じゃないってことか』

「一部のマニア以外、誰もプレイしてないと思うけど。ニンテンドーといえば今はスイッチだもん」

『へえ、うっわあ、そうなんだなんかすごいな。未来、輝かしいな。きっと、ゲーム機もソフトも、すっげえ進化してるんだろうな』

「別に、普通の未来だと思うけど。ねえ、いつまでその過去からの放送設定をつづけるつもりなわけ」

　俺の声なんて聞こえなかったらしく、トッシーは興奮したまま尋ねてきた。

『じゃ、マリオは？　マリオはまだいるの』

「マリオはいるでしょ。マリオカートとか全然人気だし」

『うおお、スーパーマリオブラザーズの続編、マリオカートっていうんだ』

　興奮し過ぎたのか、また椅子の倒れる音が響く。なんか、いちいち反応が大げさな人だ。

「で、ファミコンがどうしたの」

『あ、そうそう。それなんだよ、言いたかったことは。ラジコンカー君さ、義理のお父さんといっしょにファミコンやってみたら』

「はあ？　なんであいつといっしょにゲームなんか」

そこはそうじゃない。そのプレイじゃだめだ。

なんでもかんでもダメ出ししてくるあいつの姿が目に浮かぶようだ。第一、そんな古いゲームのハードなんて、うちにあるわけ――ぐるりと納屋を見回した時、古びた箱が目に入った。どことなく見覚えのあるゲーム機がプリントされている。

「あるのかよ」

スマホを耳に当てたまま箱に近づいていく。

このトランジスタラジオが置いてあった場所よりさらに奥のほうに『家庭用カセット式ビデオゲーム　ＦＡＭＩＬＹ　ＣＯＭＰＵＴＥＲ』が、箱ごと投げ捨てられていた。

『え、あるの？　三十五年前のゲーム機がちょうど目の前にあったってこと？　そりゃ奇跡を超えた、もはやメッセージだな。絶対にやったほうがいいよ、お義父さんと』

「だから、あいつは義理でも父さんじゃない」

『カセットはある？』

俺の反論を無視して、前のめりでトッシーが尋ねた。

「なにそれ」

『ゲームのプログラムが入ったカセットのこと。本体に差し込んで使うんだ』

ここまでリスナーの発言を無視するなんて、ラジオDJとしてあるまじき態度なんじゃないかと思ったけど、好奇心に負けて、言われるがままにチェックしてみる。すると、箱のすぐ脇に、クリアケースに並べて収められているカセット類が見つかった。

「あった。なんか並べてあるけど」

『その中にスーパーマリオブラザーズのカセットはない？　黄色いやつ』

「ええと、あ、これかな。あったよ。あとドンキーコングとか、イー・アル・カンフーとか、チャレンジャーとか」

『チャレンジャーは来月発売になるやつだ。うわ、すごいな。そこ、ほんとに未来なんだな』

やたらとはしゃいでるトッシーには悪いけど、こんな古くさいやつより、スイッチで友達とマイクラとかやってるほうが楽しいに決まってる。

『ファミコンって、ファミリーコンピュータっていうだけあってさ、ほんと家族で楽しめるから。新しいお父さんとも絶対に仲良くなれる』

「別に俺、あいつと仲良くなりたいわけじゃない」

いつの間にか腕に抱えていたファミコンの箱を元の場所に押し込んで、カセットも元通りにした。

『まあ、騙(だま)されたと思ってやってみてよ。対戦相手がたとえ嫌いなやつでも楽しめるから。ほんとに画期的なゲームなんだって』

古びた箱を前に、思わず苦笑いしてしまう。嫌いなやつとやっても楽しめるって、どれだけすごいんだよ。生まれる前のゲームだしさ。

「まあ、気が向いたら誘ってみるよ」

面倒になって、会話を終わらせるためだけにＯＫした。

『よっしゃ、約束だぞ。どうなったかまた連絡くれよな。ところでラジコンカー君、スマホのことなんだけどさ——』

いきなり音声が乱れて、通話がまったくつながらなくなった。

「電波わっる」

試しに周波数を微妙にずらしてみたけど、ノイズ音が流れるばかりで、トッシーの声も、他局の番組も、もう聞こえなかった。

納屋を出ると、潮の匂いと水分をたっぷりと孕んだ重い空気が肌にまとわりつく。

明日も、学校の前に海に出よう。

大きく伸びをして、しばらく夜空の下でぼんやりと佇(たたず)む。星の光は、夏の大気に滲んで、ほんのわずかに瞬くばかりだ。

あいつと鉢合わせしないように、用心して玄関から戻った。

十歳にして、神経をすり減らす日々だ。

つま先立ちで部屋に戻ってからは、夢もみないでぐっすり寝てしまった。

*

翌日も、朝から絶好のサーフィン日和だった。

相変わらず、ショップにはボードを預けている人達が、早朝から続々と訪れている。

いつもみたいにウェットスーツを着込んで玄関を出た瞬間、「よう」と声を掛けられた。

「偶然だな、俺も今からだ」

用心していたのに、あいつ——継父が、家の外でウェットスーツを着込んで立っていた。逆光で表情はよく見えないのに、やたらと笑顔なのがなぜかよくわかる。

咄嗟(とっさ)に、目を逸らした。

「一人で行けばいいだろ。俺は洋介さんといっしょにやるから」

「洋介は今日から出張だ。昨日、何にも言ってなかったか」

はっと顔を上げて、ようやく気がつく。

最近よく海で会うと思ったら、洋介さんのやつ、こいつと結託してたんだ。どうせ、まだ下手くそだから目を離さないでやってくれとか何とか、わざわざ頼みこんだに違いない。

子供扱いしやがって。

父さんだったら、絶対にそんなことしなかった。俺にこそこそ隠れて周りを巻き込んだり、嫌らしく待ち伏せしてサーフィンに付いてきたりしなかった。

黙り込んでいる俺に構わず、隣では継父が上機嫌で鼻歌なんて歌ってる。

「今日の波はいい練習になりそうだな。サイズはあるけどオンショアだ。おまえ、ターンする時に上半身が少し遅れる癖があるだろう。今日の波でそれやったら一発で沈むから注意しろよ」

「あのさ、由比ヶ浜じゃ物足りないでしょ。七里ヶ浜とか稲村ヶ崎に行けば」

「つれないこと言うなよ。それより、どうよ。夜中に納屋に忍び込むのって楽しいだろう」

ぐ、とくぐもった声が出たきり黙ってしまった。

この間は俺のこと叱ったくせに、自分もやってたんじゃないか。

「けっこう面白いガラクタ、転がってるよな。親父(おやじ)の持ってたトランジスタラジオとか、カセットテープのプレーヤーとか。俺が子供の頃に編集したカセット、まだ聞けるのかなあ」

「さあ」

一瞬、一九八五年のラジオ放送のことが頭をよぎったけど、そんなことをこいつに言ったら、ますます子供扱いされるに決まってる。ふてくされたまま、後ろからついていく。

母さんがどうとか、カフェに新しいスイーツを登場させるとか、くだらない無駄話を聞かされながら、由比ヶ浜に到着した。

元プロサーファーである継父――長谷哲也（てつや）の登場に、サーファー達がざわめく。こういうのもあるから、こいつと来るのは嫌なのに。

よく顔を合わせる大人達の中に、見慣れない人もいた。お婆（ばあ）さんだ。

継父がつかつかと大股で近づいていく。

「今泉（いまいずみ）さん、どうですか？　楽しんでます？」

「あら、長谷さん。お恥ずかしい。一生懸命やってるんだけれど、なかなか自然相手は難しいわねえ」

よく見ると、今泉さんにはスクールのスタッフもついていて、レッスンの最中だったみたいだ。でも、なんでこんな早朝からやってるんだろう。

「お昼はお孫さんの相手をしてるからさ、朝早くいらしてるんだ。彼女、いい顔してるだろう？　挑戦してるときの人間って、ほんとに格好いいよなあ」

あいつがこそっと囁く。

「まあ、ね」

なるほど、俺に付き添ってきたわけじゃなく、あの人を見に来たのか。乱暴にストレッチをしながら、短く返す。

「もう少し丁寧に伸ばしたほうがいいぞ。寝起きだしな」

無視して、反対の足も適当に伸ばしはじめたけど、今度は何も言われなかった。

ボードを担いで波打ち際へと向かう。素足を冷やっこい海水が迎え入れてくれる。海面が朝日を受けて蜂蜜みたいな色に光り始めた。波が、遊びに誘うみたいに引いていく。

ざぶざぶと海の中に分け入って、勢いよくパドリングに入ろうとした時、また声がした。

「みぞおち、もう少しボードにつけて。顎はもう少しボードから離すんだ。そのまま視線を下げるなよ」

洋介さんに言われるとすうっと入ってくるのに、この声で言われると集中できなくなる。父さんは、そんな細かいこと言わなかった。自然と一体になれ、波と風を感じろってただそれだけ。

波間に覗く水平線に吸い込まれそうになるこの感覚を、細かいことばっかりに気を取られてたら、きっと味わえない。

意地になってこのままの姿勢でパドリングして、継父から遠ざかった。

波の勢いに乗って一気にテイクオフする。さあっと風の量が増して、景色がぐんぐん移り変わる。あと十秒、二十秒は余裕で乗れると思っていたところに、さっきの今泉さんも同じ波でテイクオフしてしまった。慌てて止めようとしたあいつの顔を睨んだせいで、避けるタイミングがずれる。

「うわっ」

二人とも、同時にバランスを崩して、ボードの上から放り出された。海面に顔を出してすぐにボードに摑まる。

今泉さんもあいつに助けられて、ボードを体に乗せたところだった。痛みで顔を歪ませている。どこか怪我をしたのかもしれない。

初歩的なミス。位置関係からして明らかに今泉さんのマナー違反だったけど、安全のことを考えたら、俺がもっと早い段階で避けるべきだった。

大丈夫ですか。

尋ねようとした直前、怒声が飛んできた。

「ばかやろうっ」

次の瞬間、頭を上から押さえつけられる。

「こいつが、すみませんでした」

足のつく場所だ。ゴツゴツした海底に立って頭を下げたまま、唇を噛んだ。

「あら、どうしましょう。私が悪かったんだから。ね、そんなことなさらないで」

今泉さんがおろおろしているのが、頭を下げていてもわかる。

こいつは、俺の怪我の確認もしないで、オーナーとしての立場を守ろうとしてるんだ。

「離せよ」

頭を振ってごつい手をどけると、ボードも放ったまま、急いで砂浜へ向かった。あんなボード、いらない。「よろしくな」って、あいつが最初に会った日に俺にくれたやつ。ほんの少しいいやつかもなんて思ったのは、あの日だけだ。第一、あの時は、母さんと付き合ってる相手だなんて思いもしなかった。

ばしゃばしゃと波を押し避けながら、砂浜へたどりつく。

海の中でまだ今泉さんに謝っているあいつの声が、背後で響いていた。


シャワーを浴びて、やたらと腹が減って、キッチンに顔を出すと母さんが目玉焼きを焼いていた。もしかして、まだ海にいるあいつから何か連絡があったのかもしれない。

「おはよう」

振り向いた母さんは笑顔だった。やっぱり何か聞いたらしい。

「まだカフェに行かなくていいわけ？　そろそろオープンの時間でしょ」

「うん、ぼちぼち行くよ。はい、朝ごはん。いっしょに食べよう」

二人でテーブルを挟んで向き合った。

朝日が差して、白い皿の上のレタスの水滴がきらりと光る。

ねえ、母さん。俺と母さん、二人じゃダメだったの？　そりゃ、父さんがいたほうがよかったけど、俺にとっては、母さんと二人だけでも世界はけっこう完璧だった。

半熟の目玉焼きにフォークを差し入れた途端、黄身がとろりと流れ出す。

こんなささやかな幸せも、あいつが同じ席にいるだけで、毎朝、台無しになる。

「凌太、怪我はしてないんだよね」

「連絡きたんだ」

「さらっとはね」

「今泉さんは？」

「うん、足の指、軽く切ったみたいだけど、平気だって。あとで戻っていらっしゃるから、ちゃんと謝っておきなさいよ」

「わかった」

「凌太は？　痛いとこ、ないの？」

「うん。平気」

あのあと、放ってきたサーフボードはどうなったのかな。

胸のあたりが、フォークで強くつついたみたいにちくりとする。

「哲也さんね、凌太には怪我してほしくなくて必死なんだよ。怪我で引退した人達を、たくさん見てきてるから。少し煩わしく感じるかもしれないけど、責任感、強い人なの」

急に、卵の味が口の中から消えた。

「その割には、俺に怪我のことなんて何にも聞いてこなかったけど」

「平気だってわかってたからでしょう」

そりゃ、すぐにボードに掴まったんだから、そうかもしれないけど。それにしたって。

あいつに押さえられた後頭部をごしごしとこする。

「父さんだって、ちゃんと責任感、強かったでしょう」

ふいをつかれたのか、母さんはぽかんと口を開いたあと、目元を歪ませた。

「俺、他人に責任なんてとってもらわなくても、怪我なんてしない。父さんに仕込んでもらった技術があれば、大波だって乗りこなせる。そりゃまだ未熟なところはあるけど、ちゃんと父さんのスタイル、受け継いでるから」

椅子を蹴って立ち上がって勢いよく振り向いたところに、あいつが立っていた。

視線が絡み合う。日に茶色く透ける目、ライオンのたてがみみたいにパサパサの髪の毛。悔しいけど、今喧嘩してもこいつに勝てない。

あいつが母さんに視線を流して、「いいか?」と尋ねた。

背後にいる母さんは無言だ。どんな顔をしているのかもわからない。あいつが再び俺に視線を移した。

「ちょっと付いてきてくれないか。大事な話がある」

そんなつもりはなかったのに、母さんを振り向いた。

母さんは俯いて、俺にどうしろとも言わなかった。

「俺、学校あるんだけど」

「うん、わかってる。でもあと三十分くらいはゆっくりできるだろう」

二人して店舗スペースに出て、カフェのテラス席に腰掛けた。視界の向こうに、日差しを受けて相模湾が広がっている。手前ではまだ時間のあるサーファー達が繰り返し波乗りして、奥のほうではウィンドサーフィンのヨットの帆が右に左に、エンジンでも積んでいるみたいにすごいスピードで移動していた。

母さんは、カフェが空いてる時間によくこの景色をぼうっと見てる。俺はその脇で宿題とかして、いつの間にか寝ちゃったりもする。

この場所で過ごす時間は、稲村ヶ崎の元の家にいた時とちょっと感じが似ていて、この家で唯一気に入ってるのに、今はこいつといっしょだ。

継父は、ぐっと伸びをしたあと、俺のほうを見ないまま唐突に切り出した。

「常磐（ときわ）さんが――お父さんが、凌太に会いたがってるそうだ。もし会いたいなら俺が待ち合わせ場所まで連れていく」

海はそこそこ遠いはずなのに、ざああと耳の奥で波音が大きく響いた。

「なんで？　母さんは、父さんと連絡取ってたってこと？」

父さんは、離婚届だけ置いて行方不明じゃなかったのか。俺の知らないところで、一体何が起きてるんだよ。

「突然、電話がかかってきたそうだ。ずっと海外を転々としていて、今、日本に戻ってきているらしい。プロサーファーのコーチをしているのは聞いてたんだけどな。日本には一週間いる予定だそうだから、できればすぐに、遅くても出国の前々日くらいには連絡をしたほうがいいぞ」

そんなの、会いに行くに決まってる。

すぐに返事をしたいのに、なぜか声が出なかった。

「俺や美香さんに気なんて遣うなよ。思うようにすればいい。それと、さっき肩を少し痛めてると思うから、これを」

いつの間に用意していたのか、テーブルの上に湿布を差し出して、あいつはコーヒーマグを持ったまま中へ戻っていった。

「肩？」

言いながらそっと触れてみると、確かに痛む。そういえば、今泉さんのボードに、少し打ちつけた気がする。

鼻から息を強く吐き出して、もういちど海を眺めた。

サーフィンは半人前扱いで散々口を出すくせに、今みたいな大事なことは放置だ。もしかしてあいつにしてみたら、俺が父さんに会いに行って、そのまま戻ってこないほうがいいとか思っているのかもしれない。

そうか、そういうことか。

ぐるりと世界が反転して、自分が辛うじてこの平和な世界にぶらさがっている不安定な存在だったことに気がついた。

あいつは、俺なんかいないほうが煩わしさから解放される。いつかあいつと母さんに子供だってできるかもしれないし、俺みたいに全然懐かない他人の子供となんて生活しないほうがいいに決まってる。

別にいいじゃないか。俺には、本当の父さんがいる。

今日みたいに、潮が引いた海を、父さんと母さんと三人でよく歩いた。

すぐそばにいる。しかも、俺に会いたがってる。

あんなに恋しくて、会いたかった父さんが。

それなのに、胸の中に湧いてくるのは、どうして喜びじゃないんだろう。

どうして、どうして――怒りなんだろう。

父さんの顔を思い浮かべようとするのに、なぜか上手くいかなくて、最後に会ったのが、もう四年も前のことだったことに気がついた。


ラジオのチューニングを合わせる。ノイズ音が響く。放送のはじまる十一時まであと五分。あいつも母さんも好きにしろっていうけど、どういう風にするのが俺の〝好き〟なのかわからなくて、考えれば考えるほど恋しさよりも怒りがこみ上げてきて、無性に誰かに話したくなった。

思い浮かんだのは、やっぱりクラスメイトじゃなくてトッシーのことで、今夜も納屋でこうやって待ちかまえている。

十一時きっかりに音楽が流れ始めて、トッシーの声がつづいた。

『湘南のみんな、今夜もノッてるう？　いやあ、今日はすんごい嵐。さすがにこんな日に海に出ちゃうのは、稲村ヶ崎の生ける伝説、常磐ちゃんくらいじゃない？　俺、稲村ヶ崎小学校の同級生なんだよね。ダメだよ〜、常磐ちゃん。まだ二十代なんだからさ、命は大切にっ。

そんなわけでね、今夜のテーマは、俺の同級生である常磐ちゃんにちなんで、〝無茶しちゃったあ〟どえ〜す。あなたの無茶しちゃったエピソード、待ってるよお』

どくんと心臓が跳ねた。

トッシーのやつ、何言ってるんだろう。

すぐに電話をかけて俺の話を聞いてもらうつもりだったのに、そんなことが頭から吹っ飛んでしまうくらい混乱した。

常磐ちゃんって、稲村ヶ崎の伝説って——父さんのこと？

父さんは大学生だった十代の終わり、大波の時にだけ開かれる『稲村サーファーズクラシック』で、三メートル以上もある大波を乗りこなして優勝した。

相当大きな台風が直撃する少し前だったらしい。

だけど、父さんが伝説になったのは、大会そのものが理由じゃない。

優勝した直後、どんどん波が荒くなって、三メートルから五メートル、六メートル、十メートルくらいになった。由比ヶ浜沿いのマンションなんかは、随分、浸水したっていう。大勢が止める中、父さんは海に出ていって、見事にその波を乗りこなしたんだ。

ちょっと検索すれば、常磐健太（けんた）の逸話は尾ひれがついて、いろんなブログや記事に書かれている。

中には、二十五メートル級の波に乗ったって話や、海に消えてもう二度と戻ってこなかったなんてUMAみたいな扱いになってるサイトもある。

でも、今トッシーが話した〝常磐ちゃん〟は二十代。どう考えても、俺の父さんじゃない。

いつものように俺の知らない昔の音楽が流れる間、ひたとトランジスタラジオを見つめて、あり得ない考えに囚われはじめた。

まさか冗談抜きで、トッシーのラジオって、一九八五年から届いてるのか？

嘘だろう？　でも、年齢的にはちょうど計算がぴったり合う。

いや、やっぱりそんなわけ、ない。タイムマシンなんて想像の中にしかないし、ラジオの電波は時空を超えない。

それでも、もし、もしも、本当だったら？

震える指で、鎌倉なみおとFMの番号をリダイヤルする。すぐに放送からもコール音が響いてきた。やっぱり、過去に電話がつながってるなんて信じられなくなる。

『おっ、リスナーさんいらっしゃい。ラジコンカー君かな』

「もしもし」

『やあっぱり』

「なんで俺だってすぐわかったわけ？　やっぱキモい」

『意味がわかんなくても、悪口ってことだけは伝わってるからな』

少しためらうような間が空く。

『確信はないけど、この番組、一度の放送で一人にしか届かないんじゃないかと思う。だから、ラジコンカー君からしか電話がこないかなって』

「え？　だって、公共の電波でしょ」

『実は俺の放送、主電源を切ったまま喋ってる。ほんとは放送なんて届くはずないわけ』

「うわ、設定細かっ。でも、まだ甘いよ。どうしてそんなことが起きるのか、とか、その場所とか環境自体にストーリーがないとさ。ちなみに、彗星の影響とかはパクリだと思われるからやめたほうがいいよ」

『設定とかじゃないって。俺、なんか未来に希望が持てなくなるなあ。こんなこと、どうして起きるかなんて俺にはわからないし、多分死ぬまで謎のままだよ。未来の子供達は、設定とかがちゃんとしてないと、死んじゃうわけ』

相変わらず、ずけずけ言う。

こちらの大げさなため息を無視して、トッシーが尋ねてきた。

『で、どうだった？　ファミコン作戦、成功した？　俺、勧めた手前、もう結果が気になっちゃってさあ』

「だから俺、別にあいつと仲良くなりたいわけじゃないし。やってないよ」

『え～？　チャレンジャーとかあるんだろ？　もったいないなあ。俺もプレイしたいよ。前評判高いんだよ、そのゲーム』

「そんなことより、さっき言ってた常磐ちゃんて、下の名前、何？」

『え？　ああ、健太だよ。常磐健太。あ、そっか。サーファーだったらもしかして知ってる？　でもあいつ、そっちだともう五十代半ばって、俺も同じじゃん！　どひゃあ』

トッシーが一人で興奮している。

なんで俺、こんなに冷静なんだろう。いや、そうでもないのかな。だって、さっきから心臓の音がやけにうるさい。

常磐健太。俺の父さんの名前。湊太の太は、父さんからもらった。

ほとんど囁くような声で、トッシーに尋ねた。

「そっちが本当に一九八五年なら、若かった頃の常磐さんも呼ぶことできるよね」

『え、ゲストってこと？　うん、あいつが日本にいればね。へえ、ラジコンカー君ってもしかしてあいつのファン？　いいよ、それで君の元気が出るなら連絡取ってみる。その代わり、明日も聴いてくれよな』

「そんなに軽く受け合っちゃっていいの？」

『だって、家近いし。幼なじみだし。何なら今から電話――』

「いや、いい。やめて」

『うわ、そんなに声が強ばっちゃうほどファンなんだ。よし、あいつをなんとしてもゲストに呼ぶから、楽しみにしててくれよな。で、ファミコンで継父さんと仲良くなる件なんだけど』

「だから、その問題はファミコンなんかで解決しないって。トッシーさん、しつこいよ。あいつもだけど、俺、図々しい人って、ほんっと苦手」

言ったあとではっと口を押さえたけど、もう遅い。

『――ごめん。俺、またやっちゃったわ。これに懲りずに、明日、約束だからな』

わかってる。言い過ぎたのは俺で、謝るべきなのも俺だ。

それなのに、言葉が出てこず、唇を噛みしめることしかできない。

ラジオからは再び、古そうな外国の曲が流れてきた。

「あ～、くそっ」

まだ俺を知らない若い父さんと、俺を置いて出ていった父さん。

俺は、どっちに会いたいんだろう。

納屋で片膝を抱えながらぼうっとして、気がついた時には、ノイズ音だけが響いていた。

父さんと話せる。若い頃の父さんだけど、少なくとも俺と母さんを捨てる前だ。その頃の父さんには、罪はないよな。だから、俺が怒る理由もない。うん、少なくとも、今の父さんに会うよりは気楽だ。対面するわけじゃないし。

授業なんて聞く気になれずに、教室では、ずっとノートの隅にパラパラマンガを描いて過ごした。リスがサーフィンしてるやつ。

父さんがゲストにやってきたら、俺が子供だって打ち明ける？　でも、そんなこと言って戸惑わせたらどうしよう。頭のおかしなやつって思われるかも。

いや、その前にまず、トッシーに昨日の態度を謝るべきだよな。

自分でも何を考えてるのか、今、何をするべきなのかわからなくなって、時間は遅々として過ぎていかない。

＊

それでもようやく放課後になって、家に戻って夕食の時間が来て、継父と母さんと食卓を囲んだ。

「また野菜ばっか」

「いい波乗りは丈夫な体から」

継父がもっともらしいことを言って、鎌倉野菜だらけのサラダを大口を開けて食べ始めた。母さんはときどき何か言いたげにしてこちらを見ているくせに、俺が目を合わせるとぱっと逸らす。

そういうタイミングに限って、でしゃばる声。

「米も食っとけよ。背、まだまだ伸びるだろ？」

常磐健太の血を継いでるんだから。

あとに続く言葉をぐっと呑み込んだのが俺にも母さんにも丸わかりで、バカじゃないのかって思う。

夕食の空気は終始ずっしりと重苦しくて、口の中には、やけに野菜のえぐみが残っていた。

本当に今夜、若い頃の父さんがやってくるんだろうか。二十三時が近づくにつれ、トッシーの言葉が、単なる安請け合いにしか思えなくなってくる。

そもそも、一九八五年からの放送だなんて完全に信じたわけじゃない。もしそうなら赤の他人を連れてくるはずだから、看破して、こけにしてやればいい。

それでも時間が経つにつれ、黙ってベッドに寝転がっていられなくなった。

しんと静まり返った部屋に、唐突にノックの音が響く。

「凌太、ちょっといい？」

ぴんと張った母さんの声。応えるの、嫌だ。何を話していいのかわからないし。今の父さんと過去の父さん問題で、俺の頭はパンクしそうになってるし。

言葉を発しないうちに、ドアが遠慮がちに開いた。

そういえば、あいつと再婚したいって言われた夜も、こんなドアの開き方だった。

「父さんのことなら、話すことない」

「わかってる。でも、母さんには話しておきたいことがあるの。ちょっと、海を歩かない？　今日、青く光ってる」

「うそ、行く」

跳ね起きてから後悔したけど、母さんはもう「下で待ってる」なんて言って、ドアを閉めていた。

急に暑くなったから、もしかして今夜はそうかもと思ってた。

条件がそろう夏の夜、湘南の波は青く光る。海中のプランクトンが光を発する影響らしい。

パジャマからもう一度Tシャツとジーンズに着替えて、外に出た。母さんはもう玄関先に立っていて、俺が来たのを確認したあと歩き始める。

海まで五分くらいだけど、満ち潮で砂浜が消えてるから、いつもより先の道から出ることにした。

浜に降りる坂の途中から、もう、青い光が見えている。

「今日はすごいな」

ときどき母さんとあいつと三人で行く「土手」って店が見えてきた。店のはす向かいから、海岸に出られる道が出ている。「土手」まであと十メートルってところで、ビーサンの素足にピリッと刺激が走った。

「あちっ」

思わず声を上げる。

「あ、わりい」

煙を口から吐き出しながら適当に謝ってきたのは、洋介さんと同じ年頃の、やたらと日焼けした男の人だった。足下を見ると、まだ煙を出している短いタバコが落ちている。

母さんが俺の背中を押して、その場から去るよう促した。

「あの居酒屋の前、最近、柄の悪い子達がたむろしてるから気をつけて。タバコのポイ捨てがひどいって、「土手」の大将が怒ってるの」

頷いて道を渡り、砂浜まで出た。

由比ヶ浜から稲村ヶ崎までつづくカーブに沿って、砂浜をゆっくりと歩く。

母さんは覚えてるんだろうか。父さんと三人でよくこうやって夜の海を散歩したこと。

俺は覚えてる。今よりずっと砂浜が広くて、俺のビーサンの足跡は、母さんの半分くらいだった頃だ。

父さんの笑った顔を思い出そうとするのに、やっぱりぼやけたままでイラつく。

「で、話って？」

「凌太さ、母さんに気を遣って迷ってるなら、気にしないで会ってきて」

波の音が響く。でも、今のが聞こえなかったことにするほど大きくじゃない。

「遠慮なんてしてないよ」

「じゃあ、どうしてまだ返事しないの」

「そんなのわかんないよ。母さんだって、答えてくれなかっただろ？　なんで父さんが消えたのか、とか、今どこにいるのかとかさ」

砂浜を蹴る。前にはじけ飛んだ湿った塊が、すぐに波にさらわれていく。

「俺、父さんにすげえムカついてる。もう、顔も思い出せないし」

いったん、口に出してしまうと、自分が思ったよりもずっと怒っていることがわかった。

母さんにも、腹が立った。

俺は、家族三人のまま、サーフィンをしたり、メシを食ったりして、笑っていたかっただけなのに。三人が無理なら、母さんと二人だけでも良かったのに。ようやく慣れてきたとこだったのに、あいつなんかと再婚した。俺がようやく砂で山をつくった途端に、崩すような真似をした。

「凌太、こっち向いてくれる？」

母さんが、後ろから呼び止めた。波をよけ損ねて、ビーサンが濡れる。俯いたまま、振り返った。

「ごめん、凌太。突然のことで、驚いたり、腹が立つのも無理ないと思う。お母さんも迷って、本当は今回あの人から連絡が来た時、凌太に伝えないで黙ってようかとも思った。でも凌太にとって、あの人は父親だから。だから――今、お母さんに言ったみたいなこと、お父さんに直接言ってもいいと思う」

母さんが、こちらに手を伸ばす。ぱしんと音がして、自分が母さんの手を振り払ったんだとわかった。

母さんの肩を軽く掠(かす)めて、駆け出す。

「凌太っ」

胸が塞がって、体も重くて、いくらダッシュしてもいつものスピードが出ない。それでも、まだ三人だった頃と違って、母さんに追いつかれるようなことはもうない。

坂道を駆け上って家の納屋に飛び込むと、息がかなり乱れていた。

納屋に鍵をかけて、ほうっと息を吐く。

信じてない。断じて信じてなんかないけど、今夜、もしかして若かった頃の父さんと、いや、まだ俺の父親になる前の伝説のサーファー、常磐健太と話せるかもしれない。

ちょうど九時半。十一時までまだ時間がある。やたらと蒸す納屋の窓を開けて風を通した。トランジスタラジオをチューニングして、ノイズ音を流す。潮風に吹かれて聞くと、波の音にも似ていた。

今の父さんに会う前に、昔の父さんと話す。もしまぎれもない本人だったら、俺は何を話せばいいんだろう。サーフィンのこと？　それとも母さんのこと？　母さんはまだ小学生だから出会ってないだろうけど、お願いはできるはずだ。結婚したら奥さんを大切にして絶対に別れないでって。そしたら幸せに暮らせるなんて占い師みたいなことを言ったら、その後、母さんと離婚する前に考え直してくれたりしないだろうか。

そこまで考えて、心臓がドクンと、強く打った。

今から話す過去の常磐健太が本物だったら、俺は〝今〟を変える大チャンスを手に入れるってことなんじゃないか。

もし父さんが母さんと別れなければ、母さんはあいつと再婚することはない。もし父さんが母さんと別れなければ、俺達は今でも三人で、砂浜を散歩したり、父さんといっしょにサーフィンしたりして、幸せに過ごしてる。

今もあの稲村ヶ崎の家で、隣のおばさんからもらったとうもろこしとか、オクラとか、そんなのを茹でて、父さんと食べてたんじゃないか。母さんがそれを見て笑って、俺の口についたとうもろこしを取って食べたりして、セミが鳴いて、父さんとサーフィンして、腕の皮なんてべろんと剝けて——。

　興奮して神経が冴えていたはずなのに、いつの間にかうとうとしていたようだった。唐突にノイズ音が止み、ラジオから響いてきた電子音で目が覚めた。

　ぼんやりとした頭で、周囲を見回す。すごく幸せな夢を見ていた気がするけど、もう思い出せない。

『さあ、湘南のみんな、今夜も波に乗ってるぅ？　いよいよやってきました、〝ラジオがはねたら〟の時間、今日はスペシャルゲストも登場予定！　でもあいつ、めっちゃくちゃ時間にルーズだからさあ、気長に聴いててちょ。オープニングでお届けしているのは、国民的音楽と言っても過言じゃない！　スーパーマリオブラザーズのBGM、〝GOGOマリオ!!〟　いやあ、プレイしたくなるなあ。聴いてるかあ、ラジコンカー君！』

　突然、ラジオネームを呼ばれて焦る。

　ほんとに、常磐健太が来るんだ。いや、油断するな。詐欺の可能性のほうが高い。

　でも、俺なんかを騙して、トッシーには何のメリットがあるんだ？

『お～い、ラジコンカー君、まだ怒ってる？　もうすぐ健太のやつ、到着するって連絡あったから絶対に連絡くれよな』

こんな小学生に謝っちゃうような、お人好しだし。

どっちにしても、ラジオの向こうの常磐健太が本物かどうか、俺にはちゃんと確かめるすべがある。だから——もし相手が本物だったら、頼んでみようか。ぜったいに、ぜったいに、母さんと別れないように。そのことで俺が、どんなに辛い思いをするかってことも打ち明けて。鬼じゃなかったら、父親としての責任感が少しでもあるなら、思い直すよな、普通。

『あ、そうそう。もし万が一、他の人にも届いてた時のために。今日のテーマは〝伝説のサーファーに聞いてみたいこと〟。サーフィン上達の悩みでも、恋や友情の悩みでも、なんでもいいから電話かファックス送ってちょ』

常磐健太が、もうすぐスタジオに登場する。

電話をかけようとするのに、指が震えてうまくできない。

怒ってるのか、嬉しいのか、悲しいのか、切ないのか、それともただ単に焦っているだけなのか、よくわからない。

俺が、今をどうしたいのかも——。

電話をかけられないまま、うろうろと納屋の中を歩き回っている最中、その声は聞こえてきた。

『さあて、お待たせしました。本日は伝説のサーファー、常盤健太をゲストに迎えるよ！　じゃあ健太、リスナーのみなさんに一言』

『一言って言われても、これ、遊びだろ？　放送スイッチ入ってねえじゃん』

『さっすがレジェンド。指摘が鋭い。だけどさ、これがちゃあんと放送されてるんだよ。しかも、聞いて驚くなよ。俺達がいる一九八五年じゃなくて、二〇二〇年に届いてる』

『おまえなあ、ふざけるのも大概にしろよ』

『いやいや、待てって。おまえの大ファンだっていう可愛い少年から電話かかってくるんだからさあ』

　プシュウッと缶を開ける音が響いて、二人が再び話し出す。内容なんてろくに入ってこなかった。だって、この声。低めの、すこしざらっとした声は、間違いなく父さんのものだ。ほんの少し若い気がするけど、間違いようがない。懐かしい、父さんの声。毎日、当たり前に聞いてた声だ。

『美味いよなあ、このチューハイ』

『うん、確かに。去年、初めて飲んだ時、恭子も友達と飲んでベタ褒めだったな』

『恭子って、新田恭子ちゃん？　付き合ってるんだっけ？　あの娘、超マブいよなあ』

　知らない女の人の名前が出てきて、何だか不思議な気分だった。父さんは一九八五年には、知らない人と恋をしてたんだ。知りたい、もっと父さんのこと。

いてもいられなくなって、急いで番号を押す。やっぱり指が震えて、一度間違えて、もう一度やり直して、ようやくコール音が鳴った。

『来た来た、ラジコンカー君だぞ、きっと』

『なんだよ、それ。どうせ近所に住んでる知り合いの子供とかだろ』

『違うって、正真正銘、リスナーだよ。しかも二〇二〇年の』

ふん、と鼻で笑う父さんの声に、胸が締めつけられる。この癖。よく父さんは、こんな風に皮肉な笑い方をしてた。

なんだよ、トッシー。早く、出てくれよ。父さんとつないでくれよ。

『よ、ラジコンカー君、元気してたかあ？　約束通り、伝説のサーファー、常磐健太を』

「とう、じゃなくて常磐さん、俺――」

気がつけば、トッシーの声を遮って話し出していた。そのくせ、あとがつづかない。なんだよ、俺。何か話せよ。

『ええと、ラジコンカー君、だよな。ごめんな、こんな酔っ払いのために電話してくれて。こいつ、未来につながってるとかいって、よくわからない設定にしたせいで、話しづらいよな』

父さんの時の話し方とはちょっと違う。もっと兄貴って感じの話し方。何でもいいから声を聴いていたくて、手当たり次第に質問を繰り出した。

「伝説の大波に乗った時、どんな気分でしたか。あと、サーフィン以外の趣味はなんですか。ええとそれから、サーフィンする時にいちばん注意してることは。波に乗ってる時、安全のことって考えてますか」

安全という単語を発した瞬間、なぜかあいつの顔が思い浮かんで質問が途切れた。

何を聞いてるんだよ、俺。そんなこと、全然知りたいわけじゃない。サーフィンのことなんて、どうだっていいのに。

『いいねえ、聞きたいこと、いっぱいあるんだ。ラジコンカー君、俺と話す時とは大違いだなあ。やっぱ俺、まだまだジョージ小林には敵わないわ』

『いきなり変なおっさんに過去からのラジオ放送だって言われたら話し方も考えるよな。ええと、まず最初の質問からいこうか』

「お願いします」

声が震えたのを、気取られただろうか。

『稲村サーファーズクラシックで、というよりは大会が終わったあとのビッグウェーブに乗った時は、死ぬかもって気持ちと、この波に乗らなかったら死んでも死にきれないって気持ちが戦って、結局、海に出てったんだよな。俺、今よりもっと生意気だったし』

目を閉じて父さんの話を聴く。稲村ヶ崎からテイクオフする父さんの背中が見えるみたいだった。ものすごい向かい風で、みんなが止めるのを、父さんはきっと笑っていなしたんだろう。

『あの時はほんと、同級生もいっぱい見に行ってたけど、本気で泣き出す女子とかいてさ。おまえ、頭のネジが外れてるよな』

『優勝してアドレナリンも出てたし、確かにちょっとおかしかったかもな。ってことで、安全のことって、俺、あんまり考えてないかも』

『おいおい、ダメだろ、次世代を担うサーファーにそんな怖いこと伝えちゃ』

『ははっ。そうだな。でも、安全ばっかり見てたら超えられない壁が絶対ある。勝負かける時っていうのが、自分でもそのうちわかるようになるよ』

やっぱり、父さんは父さんだ。あいつみたいに、こうるさいことを言わない。説教なんてせずに、いつも俺の背中を押してくれる。

『いや、まじでこいつの言うことをまともに聞いてたら、海に連れていかれるから。おまえもさあ、もっとためになること言えよな。ええと、なんだっけ、サーフィン以外の趣味、だったっけ。まだ答えてないじゃん』

『うーん、昼寝？』

『うわ、伝説が泣くね、その――』

「あの、常磐さん」

再び、トッシーの声を遮って父さんに話しかけた。ラジオではトッシーが『どうせ俺のトークなんて』とか何とかいじけている。

喉がもうカラカラだ。心臓が口から飛び出しそうだ。それでも、声を、絞り出した。

「パドリングして水平線に向かっていく時、自分の――自分の魂だけ先に行っちゃって、体が置いていかれてる気がすること、ありますか」

だんだん声が小さくなる。

この質問だ。俺が本当に聞きたかったのは。父さんなら、今話している相手がほんとに父さんなら、俺の問いかけの意味が、きっとわかるだろう？

父さんは、なかなか答えなかった。

変なやつだと思われただろうか。いや、これがわからない相手だったら、やっぱりそいつは父さんじゃないってことだ。

深呼吸の音が響いて、答えが返ってきた。

『もしかして俺、どっかのインタビューで話したことあったっけ』

「違うっ。字で読んだんじゃない。俺、サーフィンしてる時、ほんとにそういう感覚になるんだ。それをわかってくれるのは父さんだけで、だから俺――」

自分の声に、ひゅっと息を呑んだ。

『父さん？』

怪訝そうな声。

納屋の窓から月光が差し込んできて、怖いくらいにキレイだ。

「今日、波が青く光ってて、母さんと二人で砂浜を歩いてきた。俺、父さんがいた頃は、母さんとよく三人で散歩してて。また三人で散歩できたらって――」

だから、母さんと俺を置いていかないで。何年かして、そうしたい瞬間がやってきても、絶対に思いとどまって。俺のために。俺たち三人のために。

いちばん言わなくちゃいけないことなのに、しゃべり方を忘れたみたいに舌が動かない。

代わりに、父さんが話し出した。

『さっきの話』

「え？」

『水平線に、魂だけ先に向かっていってる感覚、わかるよ。俺、間違って、陸に生まれてきたって感覚がどうしても消えなくてさ。陸にいると違和感あるっていうか、この世界で人間として生きる感覚がよくわかってないんだよな』

それってつまり、結婚とか、父親になるとか、そういう現実的な、人間的なものがわからないってこと？　だから、出ていったの？

舌はやっぱり、痺れたみたいに動かない。

『海に出てる時だけ、生きてるって感じがする。こんなに攻めて波に乗ってたらいつか死ぬかもしれないって思いながら、それでも自由になれるんだ』

父さんの声は、とても静かで、淡々としてて、誇張してるわけでもかっこつけてるわけでもなさそうだった。子供相手に本気で、心の深いところにある感覚を伝えようとしていた。

『だから、海辺で家族三人で歩く素敵さっていうのもわかるんだけど、俺、やっぱり波に乗ってたくて。だから、ラジコンカー君の家族のこと、うまく言ってあげられなくてごめん』

父さんの声に耳を傾けるのは、海岸で、波音を聞きながら潮の香りを吸い込むのと似ている。

若かりし頃の父さんの声をいっぱい吸い込んで、吸い込んで、わかった気がした。

母さんは、父さんが出ていくのを知っていたんだ。そして、あえて止めなかった。

家の中に止めておいたら、父さんがダメになることをきっと知ってて、父さんを海に放ったんだ。

俺は十歳だ。本当なら、こんなことわからなくていいって気がする。でも、父さんが出てって、母さんが再婚して、けっこう普通の十歳よりは濃い十年だったもんな。精神年齢、もしかして、父さんより上かもよ？

「いいんだ。母さんもきっと、そういうの、わかってたと思う」

『え？』

父さんは何か言いかけたけど、少しためらったあとで通話を静かに切った。人差し指がまだ細かく震えている。

『あれ、ラジコンカー君？　お〜い。ちぇ、今夜は切れちゃったかな』

そう呟いたトッシーの声を最後に、ラジオからはノイズ音が流れはじめた。

＊

父さんと話した放送のあと、何度もラジオをチューニングしてみたけど、もう二度と〝ラジオがはねたら〟が流れることはなかった。鎌倉なみおとFMのフリーペーパーを見てみたけど、番組表にも、そんな名前の番組はなかった。大きなラジオ局と違って、二十三時にはもう鎌倉なみおとFM自体が放送を終了しているのだ。

「凌太、準備はできたか」

「うん、できた」

トッシーに言われたからじゃない。断じてないけど、納屋でファミリーコンピュータを眺めて迷ってたら、あいつ——長谷さんに見つかって、なんでか知らないけどプレイすることになった。

リビングのテレビの前に二人してあぐらをかいて並んでいる。母さんは、海を散歩してくるとかなんとかわざとらしく出ていった。

「スーパーマリオブラザーズな、俺が子供の頃、親父がいきなり買ってきてさ、家族全員でプレイしたんだ。コントローラーを持って右にマリオをジャンプさせようとすると、いっしょに腕も右に上がっちゃってさ。みんなで大爆笑」

長谷さんの親父、つまり俺の義理のじいちゃんは、鎌倉の大仏で有名な長谷（はせ）の参道で土産物屋をやりながら、やっぱりサーフィンをしている。

すごく気さくな人で、初対面での第一声は「じいちゃんじゃなく、淳（あつし）君と呼べ」だった。淳君によると、サーファーは皆きょうだいだから、変に序列のつくような呼び方はされたくないんだそうだ。

なんとなく、淳君がファミコンを買ってきた日の顔が想像つく気がして、ゲーム機に親しみが湧いてきた。

「はい、これでセッティング完了。隠しアイテムとか通路とか、色々あるから探してみなよ。勝負はそうだな、一週間後でどうだ？」

「え、今でいいよ」

「今だったら、俺、ボロ勝ちするもん。ガキの頃、徹底的にやりこんでるからな」

自分はゲームばっかりするなとか言うくせに、と言い返そうとしたら、向こうも、しまったって感じで口元を押さえている。

今なら言える気がして、ぽろっと告げた。

「俺、会いにいくから。父さんに」

長谷さんが、ほんの一瞬、動きを止めて喉仏を上下させた。

「もちろんだ。俺も美香さんも、凌太の意思を尊重するって決めてるし」

「うん、この前、母さんからも聞いた」

過去の父さんと話しても、未来が変わらなかったことを放送の翌朝知った。俺は元のままこの家で目が覚めて、朝ごはんを長谷さんと母さんと食べた。

父さんはやっぱり俺と母さんを置いて出ていったんだと思ったら、軽い失望もあったけど、納得も、した。しようと思う。

コントローラーのボタンの種類を確かめながら、ぼんやりと考えた。

今でも父さんは、人間として生きることに違和感を抱えてるんだろうか。

だったらどうして、今さら俺に会いたいなんて言ったんだろう。

「美香さんと健太さんの間のことは、まあ色々あるだろうけど、凌太にとっては父親だろ。ちょっとでも会いたい気持ちがあるなら、会いたい時に会っとかないとな」

「――色々って何」

長谷さんがちょっと拗ねた顔をする。

「二人の間のことは、俺も詳しく聞いてない。聞けないだろ、そりゃ」

「なんで」

「じゃあ、凌太は聞いたのか」

言葉に詰まったけど、慎重に答える。

「聞いてないよ。でも母さんは、父さんを海に放したんだと思う。父さん、陸じゃ生きていけないやつだから」

長谷さんは、軽く目を見開いたあと、テレビ画面に視線を移した。黒い画面に反射して、俺と長谷さんが並んで映りこんでいる。

「健太さんは、かっこいい男だよ。男が惚れる男って、ああいう人だろ？ 正直に言って俺、サーファーとしてこの人生で勝てる気がしてない。だけど」

長谷さんは、テレビ画面を眺めたままだ。

「美香さんと――凌太を守る力だけは、負けないようにする。これからも、凌太が危ない波乗りしようとしたら、いくらでも注意する。宿題やらなかったらうるさく言う。歯磨きしろとか、鼻ほじるなとか、早く寝ろとかも遠慮なく言う。俺は、友達じゃなくて、健太の親になりたい。父親になりたいんだ。初心者だから間違うかもしれないけど、そしたら、凌太が俺に注意してくれよ」

口が、ゆっくりと尖る。何か言ってやりたい。急に見知らぬ男と暮らすことになった俺のこの鬱憤を、どうにかして形にして見せてやりたい。でも、頭の中はノイズ音に満たされて、何も言葉が見つからない。

ちらっと横目で盗み見ると、長谷さんの頬がだいぶ赤い。多分、俺のも。

「早くやろうよ、これ。ファミリーコンピュータ。家族でやるやつなんでしょ？」

びくり、と長谷さんの肩が動いた。

「お、おう。何てったって、ファミリーコンピュータだからな」

長谷さんの声が震えている。

ゲーム画面が、滲んでくる。

ファミリー、家族。まあ、いっしょに暮らしてるしな。

明日、父さんに会ったら、今日、長谷さんと勝負したことを話そうと思った。

トッシーにも、もう一度、電話してやらなくちゃ。

父さんのことでいっぱいいっぱいになって、まだこの間のことをちゃんと謝ってない。

今日のことも、無性に聞いてほしかった。

長谷さんが、袖でぐいっと両目をこする。

あのラジオのオープニングに似た明るいスタート音楽が流れてきて、二人ともコントローラーを握りしめた。

第三章　人生、波あり。

ふむ、と独りごちて、書斎のデスクの上に置いた離婚届を見つめた。

先ほど、妻である加耶子（かやこ）のバッグの中からはみ出していた封筒を、私への郵便物と勘違いして抜き取り、書斎まで持ってきたのである。

これまで妻のことは出来うる限り大切にしてきたと自負していた。家事も積極的に行い、育児も今どきのように平等に、とまではいかなかったが、夜中に起きてミルクをやったり、休みの日には積極的に娘を外へ連れ出して妻に時間をやり、実家への里帰りには娘だけを伴って妻に休息をと気遣ったりした。おかげで娘の樹理（じゅり）とは今も仲の良い（い）父娘（おやこ）である。

しかし、接し方が一人よがりではなかったかと言われると、自信がない。仕事で帰りが遅くなることも多かったし、妻はあまり不平を口にしない性質だ。

最近、ウクレレ教室へ通いだしたのも、私と熟年離婚をしたあと、一人の生活を充実させようという準備だったのだろうか。生き生きと楽しそうにしている姿を見て微笑ましく思っていた私は、完全に道化である。

怒りはない。ショックさえもありはしない。ただ、この紙を前に、止まっている。

「退職したら、俺もいっしょに習おうかな」

あの言葉に、加耶子はいったいどんな気持ちで頷いたのだろう。今思えば、ほんの僅か、戸惑っていたかもしれない。

妻の異変にまったく気がつかなかった己の愚鈍が呪わしかった。

一体、何がいけなかったのだろう。

古いカセットプレーヤーを操作し、ラジオをつけた。大体いつも、鎌倉なみおとFMを聴いている。ジャズやイージーリスニングが多く、ロックが滅多に流れないのが耳に心地良い。しかし、今夜は雑音が響くばかりだった。今日のプログラムは、すべて終了したらしい。

「もうこんな時間だったか」

早めに寝ると告げて書斎に引っ込んだのが八時だったが、よもやあれから三時間近く経っていたとは。

窓の外には、加耶子と二人で丹精してきた庭の木々がうっそりと佇んでいる。

ラジオからも見放されたかとため息をついていると、唐突に雑音が止み、明るい声が響いた。

「ん？」

気がつかないうちに肘でも触れてチューニングがずれたのかと思ったが、どうやら鎌倉なみおとFMに合ったままである。

『さあ、湘南のみんな、今夜も波に乗ってるう？〝ラジオがはねたら〟、今夜も始まるぜっ。今日は、俺の尊敬するＤＪ、小柳克也（こやなぎかつや）さんの誕生日ってことで、トークテーマはこちら〝尊敬する人〟。この人はすごいって思うエピソードがあったら、どしどしファックスちょーだい！　もちろん電話も大歓迎！　ファックスは市外局番０４６－７３－７７３Ｘ。電話は０４６－７３－７３３Ｘ。誰かに俺の声、届けい！　って、最近、だあれも電話くれないし、もう未来につながってないのかねえ。スマホのこととか、もっと色々聴きたかったなあ。ラジコンカー君、どうしてる～？』

なんだ、このパーソナリティは。

どこかノスタルジーを感じる語りで突っ走っていたかと思うと、突然、独り言のようにぶつぶつと喋っている。今どき電話でリスナーを募っているのも違和感があった。

『先輩から〝昔はハガキで投稿してもらってたんだぞ、今はファックスあっていいなあ〟とか言われてるのに、未来じゃインターネットだっけ？　なんか便利なやつでメッセージを送れるんでしょ？　くわあ、俺も見てみたいなあ、やってみたいなあ、インターネット。なんで今は一九八五年なんだよお』

狐（きつね）につままれたような気分で周囲を見回すが、カレンダーの西暦は二〇一九年のまま。

デスクの上には、やはり真新しい離婚届が載せられている。

こんなものを、封筒入りとはいえバッグからはみ出して持っておくなど、加耶子らしくない。もしかして、これ見よがしにすることで、私に気づかせたかったのだろうか。

しかしそれも、これまで連れ添ってきた加耶子の性格からは考えづらく、釈然としない。

『お～い、未来の人、誰か聴いてませんか。こちら一九八五年、一九八五年。未来の方からのお電話を待ってまあす』

ラジオからは、まだおかしな語りが流れてくる。間違えて個人の放送を捕まえてしまったのかと戸惑ったが、やはり鎌倉なみおとFMで間違いない。

今日は、四月一日でもない。

では、おそらく過去からの放送という設定で流しているのだろう。

一九八五年といえば、樹理が生まれる前の年である。なかなか子供を授からずに気落ちしていた加耶子を連れて、二人でハワイへ旅行した。世はまだバブルで、ジャパンマネーなどと円がもてはやされ、二人で思い切ってブランドものの時計を買ったことを覚えている。

そういえば、今やあのブランドの時計はなかなか手に入らず、「中古がかなり値上がりしているみたいよ」と加耶子がいつか言っていた。何気なく聞いていたが、もしかして離婚後、時計を売って資金の足しにでもするつもりだったのだろうか。

「不自由のないようにしてやらなくちゃな」

そんな覚悟もないくせに、せいぜい強がりを言ってみる。ずっと夫婦だったのだ。今さら他人になるなど、現実感がまったくなかった。

加耶子の夫でも、サラリーマンでもない私。そいつは一体、何者なんだろうか。

離婚届の空白が、こちらを呑み込んでしまいそうなほど大きく見える。

『誰か〜、俺は今夜も一人ですかあ』

パーソナリティの声がやけに心細げに響いたのは、こちらの精神状態が手伝ったものだろうか。知らずに固定電話の受話器を持ち上げ、告げられた番号へかけようと市外局番を押した。ただ、その続きをすっかり失念してしまっている。

若い頃は、一度聞けば忘れなかったものだがな。

苦笑していると、その様子を見ていたかのように、パーソナリティが告げた。

『大事なことなのでもう一度言うよ。ファックスは市外局番046−733−773X。電話は046−733X。よろしくねっ』

今度は急いで番号を押す。途端に、ラジオの向こうから、受話器とシンクロしてコール音が鳴った。

『うわ、電話鳴った！ 鳴っちゃった！ すんげー久しぶり』

カチャリと音が響いたあと、勢いこんだ陽気な声が、ラジオと受話器の両方から耳に滑り込んでくる。

『どうもー、DJトッシーです。まずはラジオネームと、今の西暦を教えてください』

「泉太郎（せんたろう）です」

とっさに、実名の今泉浩太郎（こうたろう）をもじったラジオネームを告げる。

『お、渋い声。お電話ありがとうっ。まず、そっちの西暦は？』

「二〇一九年ですが。さっきからその、過去とか一九八五年とかいうのはどういうことなんですか」

訝るような声になってしまったが、相手は気にしていないようだ。

『あ、そうだよね。ええと、理由というのはシンプルで、この放送は本気の本当で、一九八五年からお届けしてるわけ。証拠っていっても、何も言えないんだけどね。でも番組表を見てもらえば、この時間には本当は放送なんてないってわかってもらえると思うし』

「う〜ん、なるほど」

『あ、信じてない？　ま、仕方ないか。今までの人達も全然、信じてくれなかったし』

「今までの人達、というと？」

『どうやら、この放送って、誰か一人くらいにしか届かないらしいんだよね。で、一人に届かなくなると、またどっかのタイミングで別の人に届いてるらしい。ただ、これもぜ〜んぶ推測。確かめようがないし』

「一九八五年——」

合い言葉か何かのように呟いてしまう。つい昨日に感じるバブル時代が、気がつけばもう三十年以上も前なのか。

「失礼ですが、トッシーさんはいくつです？」

『ええと、二十二歳だけど？』

「なるほど」

口角が、我ながらいやらしくつり上がったのがわかった。

一九八五年、ではなく今現在の二十二歳ならば、知らないであろう事実がある。大人げなく、このやたらと元気な青年をからかってやろうとさっそく尋ねた。

「失礼ですが、鎌倉から都内へ出るのに、何線の電車に乗りますか」

『そりゃ、スカ線に乗ってのんびり行ってるよ。鎌倉市民だもん』

「なるほど。それじゃあ、そのスカ線はどんな色をしていますか」

『変なこと聞くなあ。深い青とクリーム色のツートーンだよ――もしかして、未来はこの色じゃないの』

予想外の答えが返ってきて、少し狼狽えた。

絶対に知らないと思ったのに、この若者は、思ったよりも一九八五年について勉強しているようだ。確かに当時の横須賀線（よこすかせん）は、スカ色と呼ばれる藍とクリームのツートーンだった。

『最近はそんなことないけど、ちょっと前までは、冷房がないやつにあたっちゃうと暑くて大変だったなあ』

「冷房がないってそんな――」

否定しかけて口を噤（つぐ）んだ。

今はもう過ぎ去った、懐かしい電車の風景が脳裏にいくつも甦る。

そうだ。すっかり忘れていたが、横須賀線は昔、都内に比べて冷房化が進められていた。それでも百パーセントとはいかず、時折ハズレがあって、皆、汗を掻きながら乗っていたのだ。今となってはなくてはならない湘南新宿ラインが開通するのも、まだまだ先のことである。

冷房の話など、青年が咄嗟に嘘をついた可能性も否定はできないが、それにしてはごく自然な語りだったように思える。

なるほど、過去から届く放送、面白いじゃないか。

重苦しい現実から逃れたい気持ちもどこかにあって、大人しく青年の言葉を受け入れることにした。

結婚前、加耶子と乗った横須賀線も、綺麗なスカ色だったことを思い出した。

＊

話を聞いているのかいないのか、覇気のない顔が三つ、テーブルを挟んだ向かいに並んでいる。今年入社したての新人達で、まだ三人とも仕事のしの字もわかっていない。

昨日、電話で話したラジオパーソナリティとほぼ同い年である。彼らの未熟さや不安げな瞳が眩しかった。

「いいか、自分の職域にこだわっていたら、指示待ち人間になる。君達はゆとりだったか？　ミレニアムだったか？　それともゼットだったか？　まあ、そんなカテゴライズにも意味はないな。みな、半人前という意味でいっしょだ」

焚きつけたつもりなのに、返ってくるのは戸惑ったような、曖昧な笑みばかり。張り付いたような表情の下で、うんざりとはしているのだろうが、こちらへはそれを見せない礼儀正しさと気遣いがある。テーブルの下へぱっと視線を移した右斜め前の若い女性社員は、なにやら両腕をもぞもぞと動かしていた。おそらく、ＳＮＳへ今の状況の愚痴でも投稿しているのだろう。

これではまるで職場のお荷物。パソコンに弱いせいで仕事はできないくせに、若者へのいちゃもんだけは年季の入った定年間際のおじさんだ。

この役割を私に押しつけたのは、気心の知れた部下で今日の幹事でもある柳小路である。そっと目眼で咎めたが、ついと顔を逸らされてしまった。

仕方がなく、意に沿わないドッキリの仕掛け役をつづける。おもむろにグラスを手に取って、わざと女性社員のほうへと突き出した。

「やっぱり二十歳くらいの子から注いでもらうほうが美味いからねえ」

いっそ、ぐへへ、などと下卑た笑い声でも付け足してやろうかと自棄気味に思う。

「あ〜、私、そういうの下手で」

おっさんウザい、マジ帰りたい〜。という五分後の投稿が今から目に浮かぶようだ。

隣に並ぶ男性社員二人のうち一人は憮然とした表情のまま座し、もう一人はおどおどと左右を見たあと、ビール瓶を手に取って傾けられたグラスにとくとくと注いだ。はっきりとした性質らしい両隣の同僚に挟まれ、随分と窮屈そうである。

「うん、君はなかなか見所があるね。どうだ、このあと柳小路と楽しい店に行くんだが、君もいっしょに連れていってやろうか」

「それが、このあとは約束があって」

「どうせ大した約束じゃないんだろう？　私らと行くほうが絶対に楽しい。新人が一人では絶対に行けない場所だぞ？」

小指をたてて、にやりと笑ってみせる。女性の顔にあきらかな侮蔑が滲み、仕方のないことながら僅かに傷ついた。歳を取ってだいぶ痛覚が鈍くなったとはいえ、やはりそれなりに柔な部分は残っているのである。

「でも」

「ここで断ったら、ちょっとまずいことになるかもしれないなあ」

我ながら嫌な顔をつくって、相手に迫った。

「ちょっと部長、いくらなんでもそれってパワハラじゃないですか」

長い宴会テーブルの真ん中で皆の様子を注意深く見守っていた柳小路が、突如、鋭くホイッスルを吹いた。

抗議しかけた女性社員が、吊りぎみの目をぱちくりとさせ、視線を移す。お役御免の合図を聞いて、ようやく力が抜け、後ろの壁にもたれた。周囲の客まで、何事かと振り返っている。

「はい、みなさん、我が部署恒例、新人歓迎会、こんな上司は嫌だドッキリ、楽しんでいただけましたかあ？　今回、仕掛け人になっていただいたのは、今日でご勇退される今泉部長でした。部長、ありがとうございますっ。さて、この先は、新人歓迎会改め部長を送る会となります」

目の前の三人が、どう出たものか戸惑ったままこちらを見つめている。

「済まなかったな。いい加減、くだらないから止めるように言ったんだが、こういう人間になるなという戒めとして、毎年、誰かが新人に悪い見本を見せる決まりになっているんだ」

「はあ」

鈍い返事が返ってくるのみだ。面白くもなんともない催しだし、致し方ないだろう。

敢えて大きく頷くと、日本酒を手酌して口に運んだ。ビールは苦手だ。

「部長、来てください」

柳小路に呼ばれて、「やあ、悪いね、こんな席まで設けてもらって」と立ち上がる。

向こうから、時々ミスのフォローをしてやった部下が、やや大きすぎる花束を抱えてやってきた。

「いつもありがとうございました」

目を赤くする相手の肩に手を置き、「もう、誤発注するなよ」と囁く。

柳小路がくっと肩をふるわせた。部下がまだ新人だった頃、誤って社内宴会用のビールをゼロ一つ多く注文してしまい、備品庫の中がビールケースで埋め尽くされた事件があったのだ。もっともあれは、わざとだったという説もある。まだ、我が社が今よりのんびりしていた頃の話である。

「それじゃ、みんな、仕事はそこそこで、楽しい人生を過ごすように。たまには鎌倉に遊びにきてくれよ」

「俺、本気で行きますよ」

柳小路はまんざら社交辞令でもなさそうに、まっすぐこちらを見ている。思い浮かんだのは、妻の去った家で一人、柳小路を迎える自分の姿。時間だけを持て余して誰からも必要とされない、哀れな男の姿だった。

まっすぐ家に戻るのが億劫（おっくう）になり、近所の居酒屋に顔を出した。

若い頃からあれほど楽しみにしていた定年だ。ここから先、第二の人生が広がっている。

それなのに、胸の中には茫洋とした虚しさが広がっているばかり。昔から味の変わらないぬか漬けをあてに日本酒をひっかけているのに、一向に酔いが回らなかった。

「土手」には、親父の代から親子二代で通っている。子供の頃にカウンターに立っていたのは今の大将の祖父に当たり、他人の子でもきっちり叱るから、子供の時分は少し恐ろしかった。メニューは、頑固に変わらないものと、大将のもとで修業中の娘さんが考案した少し洋風のものが混じって、いつ来ても飽きない。

「へえ、これが小坪のウニか」

「ええ、何でもキャベツを食べさせて身を太らせてるらしいですよ。けっこう甘みがあって美味しいんです」

件の娘さんが、厨房からわざわざ顔を覗かせて答えてくれる。

やわらかなウニが、口の中で淡雪のように溶けていく。最後に三つ葉の風味が爽やかに鼻から抜けていった。

「美味い」

「ありがとうございます」

照れくさそうに頭を掻いた大将の隣で、女将さんもやわらかく笑んだ。手に紙垂の下がった榊を携えている。

「その玉串は？」

「ああ、これ、裏の祠にお供えするんです。今日がご祭礼日で」

「月次でお祭りを。それはまた随分と熱心ですね」

「うち、夫が北鎌倉のほうにある神社の家系で。分祀してもらって庭に祠を建ててるんですよ」

「それじゃ、ご親戚は今でもご神職なんですか」

「ええ、初詣も八幡宮じゃなくてそっちに詣でるんです。なんでも、暦の神様だとか。時間を司っているそうで」

「暦ですか。珍しいですね」

　ふと昨日のラジオのことが思い出された。

「もしご迷惑でなければ、お参りしてもいいですか」

　女将は少し驚いたようだったが、もちろん、とお勝手からつながる庭へと案内してくれた。

　母屋の倍は軽くありそうな庭が、奥に連なっていたことに驚く。隅に、木々に隠れるようにして石造りの祠が鎮座していた。

「これが――」

　祠の両脇の庭灯籠に灯りがともると、不思議とご神気が満ちたように思える。

　玉串と御神酒をお供えし、柏手を打って頭を垂れた。

明日から会社に行かず、加耶子と二人になり、息つく暇もなく一人きりになる。

私は一体、何者になるのだろう。これから、何をして生きていけばいいのだろう。

半ば呆然としたまま盃(さかずき)を空け、店を出て家路をたどりはじめた。

いつも明かりが灯っているはずの家が、どう頭の中で描いても薄暗い廃屋になって浮かんでくる。

萎(しな)びた老人が一人、汚れた窓の奥から覗き返した気がしてぞっとした。

玄関をくぐると、加耶子が何やら神妙な顔で迎えに出た。

平静を装うほど、私の心臓は強くない。話があるなどと切り出されるのではないかと即座に身構え、口元が引きつった。

「長い間、お疲れ様でした」

「――ああ、そうか。そうだな」

ぎこちなく頷く。今日が退職日だ。待っていてくれたのだろう。

「どうしたの？　もしかして飲み過ぎたんじゃないの」

「みんな注ぎにくるのを断れなくてな。済まないが、今日はもうシャワーだけ浴びて寝ようと思う」

少し驚いたようだったが、少し間を空けて加耶子が頷いた。

「送別会だものね。お水を冷やしておいたから、飲んでちょうだい。それと——玄関先や家の廊下に、何か紙が落ちていなかった？」

「いや、何も見てないな」

ふいをつかれて早口になった。加耶子の表情を確かめられないまま、廊下を歩き出す。

「そう」

まだ何か言いたげな口調だ。先手を打たなければやられる。

「悪いな、あした聞くよ」

はしごを外された加耶子が小さく頷いたのを確認し、もらった花束を下駄箱の上に置いて浴室へと飛び込んだ。

カラスの行水だったが、シャワーで酒が抜けたのか、その後、ちっとも眠気が襲ってこない。書斎にこもってラジオをつけ、二十三時を待つ。帯で放送している番組かはわからなかったが、今夜もやるかもしれないと思ったのだ。

網戸から潮風が入り込み、ぬるりと頬を撫でた。

ついに定年。

あれほど心待ちにしていた日々のスタートで、見事にすっ転んでしまった。

ぼんやりと肘をついていたデスクの引き出しから、何かの間違いだったかもしれないと離婚届を取り出す。やはり、離婚届だ。

これが、加耶子の望みなのだろうか。一体、何がいけなかったのだろう。あの穏やかな気質の妻がこの結論にたどり着いたのだから、よほどため込んでいたものがあったのだと推察できた。

加耶子とのこれからばかりを思い描いていたから、いざ一人の今後を考えようとしてもただ狼狽えるばかりである。

これまで家族のために働き、これからは家族のために第二の人生を生き、そうして穏やかに歳を重ね、やがて孫が生まれたら良きじいじになり、生まれなくとも良きじいじになり、いつか家族の誰にも迷惑をかけないようにぽっくり逝くのが夢だった。

揺るぎないと思っていた未来が、こんなにもあっけなく崩れるとは。

庭を見るともなく眺めているうちに、いつの間にか二十三時になったらしい。ラジオから、昔よく耳にしていたようなテクノ音楽が流れ、トッシーの明るい声が響いた。

『は〜い、湘南のみんな、今日も波に乗ってるう？　俺は昼間の放送で大失敗。いやあ、下手くそっていやだねえ。しか〜し、そんな時こそ精進あるのみ！　ってことで、今日のトークテーマは〝大失敗〟。泉太郎さん、聴いてる？　聴いてたらご連絡待ってまーす。ファックスは市外局番０４６―７３―７７３Ｘ。電話は０４６―７３―７３３Ｘ』

一瞬、何のことかわからなかったが、泉太郎が自分のラジオネームであることを思い出し、気がつくと受話器に腕を伸ばしている。

自分のしでかした大失敗について、まだ話したかった。コール音が鳴るか鳴らないかで、すぐにトッシーが受話器を取り上げてくれる。

『もしもーし、良かったあ、電話してきてくれて。夜中に一人でしゃべって何にも反応がないって、けっこう精神的にきついんだよね。しかも今日は、放送事故レベルの失敗しちゃったし』

「それはまた、一体どんな失敗を」

眠れそうにない夜、話し相手がいることに安堵を覚えながら尋ねた。

『んっと、スポンサーのCM、流すの忘れて俺の大好きな曲をかけちゃってさあ』

「それは、何だかまずい気がしますね」

『まずいどころじゃないよ。明日、プリンを持って謝りに行くんだから』

「ああ、プリンといったら、マーロウですか」

本店が秋谷にあり、ビーカーに入ったプリンが大人気の店である。レストランとして創業したが、デザートに出していたプリンが人気となり、今ではテイクアウトのプリン専門店なども手広く展開している。

『よく知ってるね。うちの社長がマーロウの社長と知り合いで、評判のデザートのプリンを持っていくって――地元の人くらいしかまだ知らないって言ってたのに』

「そのうち、湘南のお土産といえばマーロウのプリン、というほどになりますよ」

目を閉じると、瞼の裏に、真新しいレストランの光景が浮かんだ。テラス席から望むのは秋谷の海。一九八四年、まだ娘の産まれる前で、夫婦でマーロウへと赴いた。あの日は、シーフードピザを食べたのだったか。すでに大評判だったデザートのプリンを加耶子と食べたのが、ついこの間のようだ。

小さく息を吐いて告げる。

「私の失敗に比べたら、可愛いものですよ」

『え？』

「どうやら妻相手に、とんでもない失敗をしていたらしい。もはや、マーロウのプリンでは許してもらえなそうなくらいの大失敗です」

『あらら、いったい何をやっちゃったの』

机の上から、例の紙をそっと持ち上げて告げた。

「妻のバッグの中に、離婚届が入っていたんです」

『それは、まあ、いやあ、なんて言っていいか』

トッシーが絶句しているのをいいことに、思いの丈をぶちまけた。

「これまで必死に働いて、ようやく愛する妻と二人で第二の人生を送ろうとした矢先にこれです。そう悪くない夫だっていう自負があった。正直、仕事で体がきつい時でも家事や育児をせいいっぱい手伝ってきた。それなのに——何がしんどいって、私には何も残らないってことですよ。打ち込んできた仕事は、私に何ももたらさない。愛してきた妻は、私を置いて出ていこうとしている。それとも追い出されるのは私でしょうか。とにかく、私はね、私は――そうか、時間だけはありますね」

しかし、やる事がなければ、時間など何になるだろう。

気がつけばラジオの向こうには沈黙が広がっており、激しい後悔に襲われる。

トッシーは、新入社員ほどの年若い相手だ。顔が見えないのを良いことに、ゴミ箱に捨てるように思いを言い捨ててしまった。

「すまな――」

『いやあ、そんなに辛い時に連絡くれてありがとう。それに、俺みたいな青二才に、大事な心の中を打ち明けてくれてありがとう。ほんと、すごく嬉しいよ』

相手は、声まで震わせていた。無為に差し出された真心が、まっすぐに胸を打つ。こんな話を聞かされるなど、逃げ出したくなってもおかしくはないのに、職業柄かもしれないがおくびにもださない。

不覚にも、こちらまでじんわりと視界が滲んでいった。

『で、その離婚届、どうしたわけ』

「そっと抜き取って、今、書斎にあります。紙を見つけたのが、定年退職する前日のことで。定年後は妻と船旅でもと思っていたんですが、これじゃ再雇用制度をつかって、七十五まで働いたほうがいいかもしれない」

覚えず、ため息が出る。

『七十五まで働くって、そんなに仕事好きなの？　厚生年金払ってきたんでしょ？　だったら貰うものもらって、奥さんと家でのんびりって——ごめん』

「いや、いいんです。そうか、バブル期は、まだちゃんと年金で暮らせる時代だったなあ」

『バブル期？　ジュラ紀とか白亜紀みたいなやつ？』

「ははは、違いますよ。トッシーさんの生きているそのキラキラした好景気の時代のことを、のちに私達はバブル期って呼ぶんです。でもその好景気は、もうすぐ終わります。バブルが弾けるってやつです」

『うわあ、俺、なんかすごいこと聞いちゃったかも。もしかして、ちゃんと貯金とかしといたほうがいい？』

「そうですね。土地やマンションなんて買っていたら、ぼちぼち手放してください。億ションは十分の一に値下がりするし、株は大暴落、そのあとの日本はしばらく景気低迷から抜け出せず、失われた三十年を過ごすことになります。今もぱっとしないですよ」

『ぜんっぜん信じられない』

あっけらかんとした答えに、乾いた笑いで応えた。確かにそうだろう。あの熱狂の時代の最中にこんな話を聞かされても、単なる与太話にしか聞こえないに違いない。それくらい、日本中が浮かれていたのだ。

ふとした気まぐれで、定年したおっさんの愚痴を聞いてくれた若者へ、ちょっとしたお礼をしたくなった。

「今後、いくつか買っておいたほうがいい株があります」

青年に、二、三の銘柄を告げると、必ず種銭をつくって買うと、真剣な声が返ってきた。あまりの素直さに、心配になってしまう。

「これが未来からの情報だと信じるんですか。ちょっと迂闊すぎじゃないですか。架空の儲け話で大量の被害者を出して逮捕される人間はたくさんいます。うまい投資話には気をつけたほうがいい」

当の自分がその儲け話を提案したことは棚に上げて、こんこんと諭した。

『それじゃ、今のは嘘なの』

「いや、本当の話ですが」

『だったら何も問題ないじゃん。それに、泉太郎さんは信じてくれたでしょ、俺の放送が過去から届いたものだって』

「それは、そうですが」

今夜は昨夜とは一変、風がそよとも吹かず、身体にしがみつくかのように湿気がひときわぬるく、重い。

『奥さんとのこと、ショックだったねえ。でもまだ直接、何か言われたわけじゃないんだよね』

「ええ。しかし時間の問題でしょうね。さっきも何か話したそうにしていたし」

『でも、泉太郎さんは離婚したくないんだよね』

「もちろんです。ただ、彼女が真剣に望んでいるなら、不自由しないだけのものを渡して望む通りにしてやらなくてはと」

我ながら滑稽なほど声が寄る辺ない。

『う〜ん、まあ、女の人って、いったん心を決めちゃうと非情だからね。でも、本気かどうかなんてわからないよ。何か腹の立つことがあって勢いで紙だけ取ってきちゃったけど、案外それで気が済んだってことかもしれないし。何か、奥さんの行動に心当たりはないの』

それはいくらも考えたが、過去を見渡せば、心当たりばかりできりがない。

『過去から手助けできることがあればいいんだけどねえ』

しばらく唸ったあと、トッシーがぽんと手を打った。

『男はつらいよシリーズを観るなんてどう？　今年も公開されたんだけどさ、寅さん、また振られてたよ。それでも全然、元気だったし。もし奥さんに、その——切り出されちゃったら、フーテンにでもなった気分で、旅に出てみるっていうのもいいし』

「男はつらいよ、ですか」

言わずと知れた、山田洋次監督の大人気映画シリーズである。フーテンの寅さんこと主人公の車寅次郎が、日本全国を放浪してさまざまな女性と出会い、彼女達が抱える問題を真心尽くして解決したのち、毎度ていねいに振られる。彼の素朴な人柄、底抜けの明るさ、純真さ、そして大抵の大人がとうに手放してしまった自由に、誰もが憧憬を抱くのである。

『親父が大ファンでさ、俺、子供の頃から観てるんだよね。今気づいたんだけど、俺が振られるたびに雑草のように甦ってこられたのは、寅さんイズムがこの身に染みこんでるからだと思うわけ』

若者から放たれた意外すぎるアドバイスが、一陣の風のように胸を吹き抜けていく。

「振られる――」

離婚、ではなく、振られる。

軽やかで、どこか甘酸っぱさを伴うその響きが、妙に傷口に優しい。

なるほど、離婚と考えると重たいが、単に振られようとしているのならば――。

「私、もういちど妻にアタックしてみようと思います。幸い、まだ決定的に切り出されてないわけですし」

もしかして、アタックという言葉は、バブル期にさえもう死語だったろうか。

『いいねえ、応援してるよ。俺、泉太郎さんのこと、なぜか他人とは思えないし。もう、心の友って呼びたいくらいだし』

「はは、ありがとうございます。しかし、なぜそこまで？」

『だって、俺も失恋したから。まあ、もう半年以上は経ったんだけどさ』

「そうでしたか」

『うん。けっこう酷い振られ方でさ。彼女、友達と賭けてたんだ。俺のこと、落とせるかってね。それを知った時は、騙されたってムカついたし、ショックだったし？　女として最低だ、なんてくだ巻いてた。でも今になって思うんだけどさ、俺、彼女のことを全然知らなかったし、知ろうともしてなかったんだよね』

「というと？」

今度は、私が彼の話を聞く番らしい。トッシーの告白に、いつかの自分を垣間見ながら椅子に深く座り直した。若い頃はみんなそんなものですよ、などと口を挟みたくなるのをぐっと抑える。

『初めてバーで会った時に一目惚れしたんだ。ワンレンの髪をかき上げたときの彼女の目、きれいだったなあ。吸い込まれそうなほど大きくてさ。赤い口紅にクラクラしちゃって。友達に聞いたら、すっごいお嬢様なんだって。ああ、高嶺の花かって諦めようとしたら、なんと向こうから話しかけてきて、俺、舞い上がっちゃって』

「容姿にばかり目を奪われていた、と」

『ま、そういうこと。彼女が店員さんに少し横柄だったこととか、俺が風邪引いた時に伝染さないでって顔を顰めてたこととか、まあ、彼女の心のありようなんて全く目に入ってなかった。ハイブランドのバッグ持つみたいにさ、彼女のこと、いい気分で連れ回してただけなんだって気づいたんだよね。つまり、俺も彼女と同じくらい、彼女に対して失礼だったんだよ』

「なるほど。すごいですよ、トッシーさん。私も学生時代、容姿にひかれて女性にアタックして見事に玉砕したんですが、トッシーさんほど深く考えはしなかった。ただ、冷たい断り方だなと傷ついて終わりです」

彼女の中身など、ただ私が浮ついた想像を膨らましていただけ。男子高の生徒だったから、余計だ。きっと清楚で可憐な、しかし芯の強い女性だと決めつけ、ただ、駅のホームで本を読む横顔が美しいと憧れていただけ。

だから、彼女に告白した時の返事に、何も言い返せなかった。

――私の何を知っているんです？

戸惑った顔に、侮蔑が浮かんでいた。

学生帽を目深にかぶりなおして彼女の目の前から走り去る以外、何が出来ただろう。

青い思い出だ。恋とはそんなもの、とも言えるが、そこから何を得るか、人によってこうも深度が違うとは。

『いや、俺だって失恋で人間関係について色々学ぶべきだったのに、全然学習できてなかったよ。そのあと、恋愛じゃないけどすごく大事な出会いがあって、懲りもせずに致命的な間違いをやらかしちゃってさあ。ずどーんと落ち込んでたんだよね。このラジオで未来のリスナーと話してなかったら、未だによくよしてたと思う。

実は、未来と放送がつながるのって、泉太郎さんが三人目なの。俺、どんなリスナーとも心の垣根を取り払って、その人が抱えてるものを共有して、ほんの少しでも気持ちを軽くしてあげられたらって思ってたんだけど、ぜんぜんダメでさ。前の二人のこと怒らせちゃうし、なれなれしい他人とかまで言われちゃってさあ。自分と人のこと、こんなにちゃんと考えたのって、人生で初めてかもって感じで』

自分を取り巻く人々。自分と妻、家族。

きちんと向き合ってきたかと言われたら、自信がない。いや、向き合ってこられなかったから、こういう結果が訪れたのだろう。

今、話している相手はずっと年下だ。経験値という点から見れば、私に一日の長があるだろう。しかし、彼はこんなにも丁寧に自分と向き合い、他者のことも見つめようとしている。

人間としての出来は、ずっと先輩にあたるのではないか。

「私は、妻とも、もしかして私自身ともきちんと向き合ってこなかったのかもしれません」

日々の忙しさに紛れて、妻や娘だけではなく、自分の心の声に耳を傾けてきただろうか。無視し続けてきた結果が、仕事なき今、何をしたいのかわからないという現実なのではないだろうか。

『少なくとも、今時のサラリーマンの人達って、仕事が急になくなったら何していいかわからない、なんて人、珍しくないんじゃないかなあ。でもさ、これからは自分と向き合う時間、たくさんあるんでしょう？　せっかくの第二の人生だもん、海でも見ながら、ちょっとゆっくり考えてみようよ』

私の背中を、遠慮がちに押すような声。他のリスナー達とは喧嘩になったと言っていた気がするが、この穏やかな青年に限って信じられない。

「今夜は、誰にも話せないことを聞いてもらって、どうお礼を言えばいいか。それに、とても素晴らしい話を聞かせてもらいました」

『お礼なんていいから、ぜったい、どうなったか聞かせてくれ――』

トッシーの声は唐突に途切れ、あとにはノイズ音だけが響く。

ひとり夜に取り残されてみると、ほんの少し気力が膨らんでいることに気がついた。

「さっそく観てみるか」

パソコンを開いて、件の映画を検索した。『男はつらいよ』である。私も世代だから、何作かつまんで観たことはもちろんある。トッシーから提案を受けた直後は唐突な印象が否めなかったが、確かに、こういう気分の時に見るのにうってつけかもしれない。寅さんの明るさは、どこかトッシーに通じるものがあるし、何より映画の中の台詞がいい。噛みしめたくなる奥深い味わいの会話が、随所にちりばめられているのである。

そういえば、柳小路が入会を勧めていた動画配信サービスがあったはずだ。

会員登録の手続きはものの数分で終わり、すぐに本編を再生する準備が整った。

せっかくだから、第一作から観ようか。いや、今から観たら明日の仕事に――いっこうに差し支えがないことを思いだし、頭を掻く。

折しも、〝男はつらいよ〟がシリーズ全作、無料公開になっていた。一作目を再生してみると、おなじみのイントロダクションが哀愁を伴って響く。

今がトッシーの生きる時代なら、こんなに簡単に映画を観ることもできなかったろう。重い腰を上げ、隣町の駅前にあるビデオショップに出向いてレンタルをし、戻って来る頃にはもう疲れて明日にしようなどと思っていたかもしれない。

何もかもが便利で速くなった。

通ったレンタルショップも、今はもう、時代の波にさらわれて消えてしまった。

しかし夫婦は、私達夫婦は、変わらないと思っていた。

本当に男はつらいよ、と心中でつぶやくと、女だってつらいのよ、という妻の声が聞こえた気がした。

＊

映画を見終わったあとも上手に寝付けず、思いがけず五時に起床してしまった。会社員時代より、一時間も早い。

今日から、妻を口説くのだと思うと、恥ずかしながら神経が昂ぶってしまったのである。身支度を整え、台所に顔を出した。幸い、妻はまだ起床していないようだ。派手ないびきをかくのが妻に申し訳ないからと、別々の部屋で寝起きするようになってもう長い。

女性を口説くには、まず手料理から。これも古い映画で得た知識だった気がする。

フライパンでとんとんオムレツをつくろうと冷蔵庫を開け、チーズとトマト、しめじを入れることにする。タマネギとにんじん、ベーコンのスープはあっさりとしたコンソメ風味、冷凍してあったフランスパンを解凍し、加耶子が起きたらすぐにトースターでこんがりと焼くつもりだ。

二人分の皿にぷるんとオムレツを載せ、パン皿にはクリームチーズとジャムを添えたところで、微かに玄関戸の開く音がした。

加耶子は、寝ていたのではなく、もう起きて散歩にでも出ていたのか。

いそいそと迎えに出ると、入ってきたのは、加耶子ではなかった。

「おまえ――」

「ただいまパパ。ずいぶん早起きだね」

娘の樹理が、スーツケースを片手に立っていたのである。半年ほど見ない間に、ややふっくらとしただろうか。

「お帰り。今日、会社は休みなのか」

商社マンとして世界中を忙しく飛び回っている娘は、東京にマンションを借りて、同じ商社に勤める夫の貴久君と二人暮らしをしている。玄関からつづく廊下側から、スーツケースを引き上げた。

「ありがと。ようやく夏休みが取れたから少しゆっくりさせてもらおうと思って。もう夏も終わっちゃうけどね」

「とにかく入りなさい。今、母さんを呼んでくるから」

「母さんならもう、出かけたみたいだけど」

言われてみれば、玄関にいつもある加耶子のスニーカーがない。

樹理は、家に上がると慣れた手つきでシューズボックスからスリッパを取り出し、くんくんと鼻をひくつかせた。

「おなか空いたあ。何かつくってたの」

「朝食だ。おまえも食べるか」

「へえ、パパが料理なんて珍しいね。待って、荷物置いてから降りてくる」

「いい、私が運ぶからおまえは先に食べてなさい。手を洗うんだぞ」

樹理が「は～い」と苦笑しながら、洗面所へと消えていく。

スーツケースを持ち上げる拍子に「よっこいしょ」と呟く自分は、おそらく娘とよく似た表情をしているだろう。


「うん、美味しい」

目を細めてオムレツを食べる娘の口元を拭ってやったのはいつの頃だったろう。

手を洗い終えた樹理は、さっそくダイニングで加耶子が食べるはずだった朝食を胃の中に収めている。

もう三十過ぎだというのに、まだ子供に見えてしまう。定年退職もしたことだし、この歳になると、自分の人生よりも子供の幸せがいちばんの楽しみである。

「ずいぶん忙しそうだってママも心配してたが、ちょっとふっくらしたみたいだな」

「やだ、私、太ったかな」

「痩せるよりはいい。さ、もっと食べろ。こっちにいる間、貴久君は？」

「ああ、ええとマレーシアに出張中。今度のは長いから、それもあって戻ってきたの。連休中に同窓会もあるし」

「連休って、まだ二週間も先じゃないか。そんなに休んで大丈夫なのか」

「勤続十年目以降に取れるウェルネス休暇制度って、前に話したの覚えてる？　一ヶ月まとまったお休みが取れるやつ。長い間突っ走ってきたし、ここいらで思い切り休もうと思って」

　そういえば、そんな制度の話をいつか聞いた気がする。こちらはこちらで、勤続三十八年を終えたばかりなのだが、樹理には伝わっていなかったろうか。いたずら心が湧き、ちょっとした嘘が口をついて出た。

「実はパパも有休中なんだ。久しぶりに、三崎（みさき）にマグロでも食べに三人で出かけるか」

「う～ん、今日はちょっとゆっくりしたいかな。あとでママを誘ってみたら」

「ママか――。一体こんな朝早くからどこに行ったんだ」

　何も言わずに、家を出たのか？

にわかに不安になって、「ちょっと部屋を見てくる」と席を立った。

深呼吸をして、二階にある妻の寝室の前に立つ。

いないのはわかっていても、一応、二回ノックをしてドアを開けた。

予想通り、ベッドは空になっている。

「やっぱり家を出たみたいだね」

いつの間にか背後にいた樹理の声に、びくりと肩が震えた。

「そんなわけがないだろう。散歩にでも行ってるだけだ」

「やだ、そりゃそうでしょ。すぐに戻ってくるって意味の家を出たよ。それよりパパ、朝ご飯を食べてないんでしょ？　先に食べたら」

「いや、ママを待ってからにする」

樹理が哀れむような視線を投げかけてきた、と思うのは被害妄想だろうか。もしや、加耶子から何か私の愚痴でも聞かされ、離婚の相談でもされたのではないだろうか。

待てよ、だから様子を見に帰ってきたのか。唐突の長期休暇も、それなら説明がつく。

「じゃあ、私は荷ほどきをしてくるね。あとでコーヒーでもいっしょに飲もう」

こちらに見せる背中が、心なしかたくさんの秘密を抱えているように見えてくる。

落ち着け、ぜんぶ妄想だ。

辛うじて頷いたあと、壁で体を支えながら階下へと戻った。とんだ寅次郎だ。

加耶子が戻ったのは、それから約三十分後だった。

驚いた顔は、私に向けられたものだろうか。それとも樹理に？

「あなた、もう起きてきたの？　それに樹理も、帰るなら帰るって連絡しなさいよ」

拍子抜けするほど普段のままの加耶子である。

「あら、樹理が朝ごはんつくってくれたの」

「ううん、パパがママにつくってたの。ま、私がママの分をいただいちゃったんだけどね」

「オムレツならもう一度つくろう。手を洗ってくるといい」

促すと、加耶子が「あら、嬉しい」と言いながらも、妙に距離をとって洗面所へと入っていく。瞬間、強くシャンプーが香った。

朝、シャワーでも浴びたのか？　そういえば、髪がまだ少し濡れているようだ。

昨夜はすこし蒸したから汗を流したかったのかもしれない。加耶子の背中を見守っていると、頬に視線を感じる。

「パパ、ママと何かあったの」

「まさか、そんなものあるわけないだろう」

「そう、ならいいんだけど」

娘に夫婦のことを相談するなど言語道断である。

加耶子にオムレツを改めてつくり、三人分のコーヒーを淹れたあと、何気なく席を立って浴室を確認した。昨夜以降、誰も使った痕跡はなく、床のタイルは乾いたままだった。

リタイア一日目にして、ひとり虚しく海を眺めることになるとは思わなかった。

樹理と加耶子は積もる話でもあるのか、鎌倉のどこぞとかいうカフェに出かけてしまい、私は一人残されたのである。

「お昼も食べてくればいいじゃないか」

どういう意地か、笑顔で送り出した私だ。

砂浜にそのまま腰を下ろして波が打ち寄せるのを眺めていると、悪いほうへ、悪いほうへと思考が寄っていく。

今ごろ加耶子は、樹理に熟年離婚の相談でもしているのではないか。それとも、離婚届を私が抜き取ってしまったものだから、改めて市役所に取りに行ったのかもしれない。

それとも――シャンプーの香りを思い出して、ズキリと胸が痛む。

まさか、まさかだ。

穏やかに続いてきた結婚生活の節目に、こんな落とし穴が待っているとは。

荒波とは無縁の人生だと思っていたのに。

由比ヶ浜は広く大洋へと開けており、波一つない凪いだ一日である。その広大さが、残りの何もない人生を象徴するようで、清々(すがすが)しさよりも緩慢な死への恐れが先立つ。

孤独とは誰もいないことだと思っていたが、むしろ何もないことなのではないか。

それは嫌だ。あと何年生きるかわからないが、私は、孤独を欲してはいない。

妻を口説くのも大事だが、私はまず私をどうにかしなければいけないのではないか。

すっくと立ち上がり、妻とそろいのスニーカーと靴下を脱いでその場に置いた。

ズボンの裾をたくし上げ、波打ち際まで大股で歩いていく。

ぬるい水に足をさらし、砂と水の感触を感じながら稲村ヶ崎方面へと向かった。

人並みの人生を、いや、どちらかというと羨む人の多い人生を歩んできたつもりだった。その人生は、家族と仕事によって満たされていたものだったのだ。この素足のように、丸裸になった自分は、自分を満たすすべが何もないことに気がつかされる。

社内では管理職になって以降、部署を転々としてきたから、何かのスペシャリストになったわけでもなく、仕事が忙しくて趣味をもつ余裕もなかった。

妻に出ていかれ、一人になったらボランティアでも始めようか。子供の頃から遊んだここ由比ヶ浜にも、ずいぶんとプラスチックごみが目立つようになった。毎朝の掃除を始めるのもいいかもしれない。

浜に打ち上げられたワカメをめかぶごと拾って家に持って帰り、母に褒められていた子供時代が懐かしい。

いかん。あの紙切れを見てから、思考が波のように同じ場所を行きつ戻りつしてしまっている。

妻の心を取り戻すと決めたはずじゃないか。

まずは、部屋の掃除に料理だ。引退したら、今まで妻に任せきりだった家事を頑張るはずだった。粛々とやるのだ。

スニーカーを放ってきた場所まで戻り、塩水が乾くのを待って素足の砂を払い、もう一度靴下をはき直して立ち上がる。

ズボンの砂を払って「フンッ」と気合いを入れると、近くで砂遊びをしていた幼児も「フンッ」と尻の砂をはたき落とした。

その夜、樹理の一声で、よく三人で食事をしているカジュアルフレンチの店へと赴くことになった。

若宮大路を少し脇道へ入った小路（こうじ）にある小さな店である。ドアをくぐると、母娘（おやこ）はすでに来ており、私が席につくなりシャンパンが運ばれてきた。

「どうした、いきなり」

戸惑っていると、「ご定年、おめでとうございます」と馴染みの店主が満面の笑みを向けてきた。

樹理がぷっと噴き出す。

「もうパパったら、有休なんて下手なウソばっかりついて。朝は笑いそうになっちゃったわよ」

「なんだ、気づいてたのか。もしかして、このためにわざわざ戻ってきたのか」

「まあ、それも理由の一つかな」

まだ口元をむずむずさせている樹理をたしなめると、加耶子がメニューを差し出してきた。

「さ、あなた、樹理がフルコースをごちそうしてくれるんですって。メインをどれにするか選びましょう」

「そうか——」

何だか、狐に化かされたような気分で、牛肉のソテー、帆立のムニエルを選び、デザートにはこの店の名物であるクレームブリュレを頼んだ。甘さ控えめ、とろとろのカスタードクリームにカリッと焦げたキャラメルの苦みが効いて、満腹でもスプーンが進む逸品である。

「何だか照れくさいな」

それでも、素直に喜んでシャンパンを口に運んだ。こうして三人でテーブルを囲んでいると、離婚届のことなど悪い夢だったのではないかとさえ思えてくる。それでも、どことなくぎこちない加耶子の様子を見ると、やはりあれは現実だったのだと思い知らされた。

もしかして一人では言い出せず、樹理を応援に呼んだのではないかなどと、穿った見方をしてしまう。

「ちょっとごめんね」

スマートフォンに着信のあった樹理が席を立ち、加耶子と二人きりになってしまった。

みるみるテーブルの空気が重くなったのは、やはり気のせいなどではない。

「家に帰ったら少しお話があるんですけど。ほら、この間言いかけた」

「ああ、そうだったな。済まない、今夜は少し考えたいことがあるんだ」

「――そうですか」

目を伏せた加耶子が、再び思い切ったように尋ねてくる。

「それじゃ、明日は？」

こんなに食い下がるなんて、珍しいことだった。早々に決着をつけたいということか。

「わかった、明日の朝はどうだ」

夜に話をすると、必要以上に暗い方向へと話が進んでしまいそうだ。朝日を背負いながらであれば、妻に頭を下げ、チャンスをくれと頼みこむ勇気が持てる気がしたのである。

しかし、今度は妻がしぶい顔をした。

「ごめんなさい、朝はちょっと」

「なんだ、今朝も出かけていたみたいだが」

妻の目がわかりやすく泳ぐ。

「ほら、前に話したでしょう？　ウクレレ教室に通い出したって。そのレッスンが早朝にあって」

「今日みたいに早くからか。まだ六時台だったろう」

「ええ、でもその、気持ちがいいのよ」

「ふ～ん、それはぜひ今度、演奏を聴きたいなあ」

「そうね、もう少し練習したら」

つづく沈黙がテーブルの上に重くのしかかった。

安く譲ってもらったというウクレレを弾くには弾いているが、そんなに熱心に練習している様子もない。いったい妻は、早朝に何をやっているのだろう。

何気ないふりを装って踏み込んでみようかと思ったが、ちょうど樹理が戻ってきてしまった。少し疲れた様子である。

「どうした？　顔色が悪いぞ」

「ええ、何だかちょっと疲れちゃって。ママとけっこう散歩したせいかな」

「──あら、大丈夫なの？　無理をしないですぐに座りなさい。何なら先に帰ってもいいのよ」

身を乗り出した加耶子に、樹理がやや慌てた。

「大丈夫、大丈夫。せっかく今日はたくさん食べられそうなんだから。追い返さないでよね」

「そう？」

眉尻を下げた加耶子が、はっとこちらを見たあとですぐに視線を逸らした。

少し間があいただけで、妙な空気の揺らぎを感じてしまう。

「どうした。なんだか二人ともおかしいぞ」

「そんなことないって。さ、パパ、飲んで」

それでも、そのあとは、樹理の仕事の話や親戚の話、最近の経済情勢から私の職場の昔話まで罪のない話題がつづき、いつの間にか、デザートのクレームブリュレまでぺろりと平らげてしまっていた。

部屋に戻り、今日もラジオをつけた。

二十三時少し前。ノイズ音を聞きながら益体もなく悩みの迷路を徘徊(はいかい)しているうちに、あっという間に放送時間がやってくる。

『は〜い、湘南のみんな、今日も波に乗ってるぅ？　俺のほうはなんていうか、もう迷走街道を爆走中！　夢だけは大きいくせに、実力が伴ってないって悲しいよねえ。そんなわけで、今日のトークテーマは〝あなたの夢〟。泉太郎さん、今夜も電話を待ってるよ〜』

今夜も名指しだ。本当に私一人しか聴いていないらしい。

しかも、よりによってテーマが夢、とは。今はまさに、夢も希望もないことが問題なのに。

窓の外で、星がまたたいている。夏の終わりにしては、空気が澄んでいる夜だ。

船旅のデッキの上から加耶子と見上げる星空はどれだけ素晴らしいだろうと想像していた。途中の仕事の進行を気にすることもなく、休み明けの部下の不始末の尻拭いが胸を掠めることもなく、ただただ加耶子とともに、穏やかな航路に身を委ねる褒美の日々。

今となっては、道化の見ている夢だった。

メモしてある番号を見ながら、トッシーへと電話をかける。ワンコールも鳴らないうちに、あの脳天気な声が待ち構えていたように応えた。

『もしもし、泉太郎さん？』

「今晩は。今夜も連絡してしまいました」

『うんうん、きっとかけてきてくれると思ってたよ。その後の話が気になる、気になる。

で、どうなの？　奥さんにアタックする件は。上手く行ってるの』

「それより、まずはテーマの夢のことから話してもいいですか」

『あ、それもそうか。それじゃどうぞ、今夜のテーマ、あなたの夢。語っちゃってちょうだいっ』

　エコーが消えたあと、我ながら覇気のない声で答える。

「まさに、夢がないことが問題でしてね。この間、妻にアタックする、なんて意気込んでいましたが、それよりもまず、何も持ってない自分をどうにかして、妻にふさわしい男にならなければと反省したんです」

『ええ？　どうしちゃったの、そんなしょんぼりして。だって、今まで必死に働いて家族を養ってきたんでしょう。俺はすっごい立派だと思うけどなあ。まずは、自分を褒めたほうがいいんじゃないかな』

「いえ、家族も仕事も抜きで、私を一人の人間として考えた時に、私は自分で自分を満たす何を持ってるんだろうって」

　この間、気がついたことをトッシーに打ち明ける。

「私は、家族とはもちろん、私自身ともきちんと向き合ってこなかったのかもしれません。その結果が、今なんですよ」

『う～ん、ちょっと待って、ちょっと待って。そりゃ反省するって大事なことだと思うけどさ、何だかこの間よりもさらに自信喪失しちゃってない？　もしかして、奥さんにアタックして、玉砕しちゃったとか』

「いや、デートにでも誘おうと思っていたんですが、色々と気を削がれることがあってですね」

娘が帰ってきたり、思いがけず定年のお祝いをしてもらったり、それらは悪い出来事ではなかったのだが――。

「実は妻が、隠し事をしているようです」

『というと？』

トッシーが、ごくり、と唾を飲んだのがわかった。

「朝早くに出て朝食の前に帰ってくるんですが――シャンプーの香りがするんです。妻は早朝ウクレレ教室の帰りだとかなんとか言うんですが、そんなわけはない」

『――』

さすがのトッシーもにわかには声が出なかったようだ。沈黙からも、戸惑いが伝わってくる。トッシーくらいの青年が、熟年夫婦のこじれた話を打ち明けられたところで、どう答えていいかわからないに違いない。

「申し訳ありません、忘れてください。どちらにしろ、もう手遅れだろうから」

『いや、すみません。少しびっくりしちゃって。でも、本当に手遅れですかね』

「そりゃ、もう妻には相手がいるのだったら手遅れじゃないですかっ」

無意識に閉じ込めていた怒りが、喉の奥から飛び出す。

受話器を持つ手が、小さくない震えを帯びていた。

窓の外に視線を転じると、先ほどまで瞬いていた星は、薄雲に阻まれて光を失っている。

受話器の向こうで、トッシーがふっと小さく笑った。

『早朝にシャンプーの香りをさせて帰ってくる、ねえ。でもそれ、湘南に住んでいたら、一度は浮気しちゃうかもしれない相手だと思うんだけど。泉太郎さんだってしてるかもよ？　その手の相手となら』

「馬鹿な。私は妻一筋です。浮気なんてとんでもない」

そりゃ、好きな女優の一人や二人いるし、接待で出向いたクラブで目を奪われた女性が一人もいないといえば嘘になる。しかし、それはあくまでファンタジーだ。私にとって、妻と娘はたとえ絶世の美女でも比べようのない、大切で美しい相手だ。

ムキになって言い募ったが、トッシーは『うん、うん』と軽くいなすばかりだ。

『それを、奥さんに伝えたらいいじゃん。とりあえず、ごちゃごちゃ言ってないでデートにでも誘ってみたらどう』

何も答えずにいると、一呼吸のあと、トッシーが声音を改めた。

『泉太郎さん、家庭をずっと大切にしてきたんだよね。それって、奥さんへの愛情もそうだけど、信頼もちゃんとあったからじゃないの』

「それは、そうですが」

それはあくまで私から見た世界の話だ。妻から聞けば、まったく別の家庭の様子が見えてくるかもしれない。

『ねえ、泉太郎さんの奥さんって、本当に夫を裏切るような人なの？　話を聞いてきた限り、とっても素敵な奥さんに思えるんだけど』

「それは、もちろんそうです。彼女ほど素晴らしい妻はいない」

鼻息を荒くした私に、トッシーが『う～ん』と苦笑したらしい。

『どうしても気になるなら、早朝、奥さんをそっと尾けてみるのもいいと思うよ』

「探偵みたいに、尾行するってことですか」

『そ。結果がわかったら絶対に教えてよ？　きっと二人で大笑いできるから』

「何を根拠にそんな」

あくまで暢気な口調に苛立ち、さらに抗議をしようとしたところで、トッシーが告げた。

『とにかくさ、もっと自信を持ちなよ。泉太郎さんてさ、バブルだっけ？　今の時代を知ってる昭和の人でしょう。それなのに、風呂、メシ、寝るしか言わないようなよくいるタイプじゃなかったなんて、それだけでもすごいことだと思うよ』

若者の精一杯の励ましに、胸を衝かれた。

「それを言うなら、トッシー、あなたのほうが凄い。こんな、見ず知らずのおじさんの愚痴にまっすぐに付き合ってくれて、しかも連日励ましてくれる。どんなに救われていることか。それもきっと、あなたがラジオパーソナリティという仕事に真剣に向き合ってきたからだと思います。本当に、尊敬していますよ」

私とは違い、この若者がおじさんになる頃には、きっと素晴らしいキャリアを手にしていることだろう。心の底から、そう思う。

『や、やだなあ。泣けること言わないでよ。俺、ほんと、嬉し――』

突然、ノイズ音が響く。それから先、どんなに周波数を合わせても、ラジオがつながらない。

あとにはやはり、何もない私だけが残った。

＊

一旦腹をくったら、あとは実行あるのみである。

昨夜はベッドの上でまんじりともせずに寝返りばかりをうち、朝を迎えるまで、どうしようか迷っていた。

だが、もうこの靄を胸の内に抱えている気力がなかった。

尾けることに決めたのである。

まだ暗いうちに着替えを済ませたのち、五時頃、部屋の戸口で聞き耳を立てた。加耶子が出かけるのと同時に、尾行を開始する予定だ。

待つこと約十五分、微かに二階のドアの開く音がした。

こんなに早く家を出ていたのか。

ドアのすぐ前を加耶子が移動していくのがわかる。ややあって人の出ていく気配がし、玄関戸を遠慮がちに施錠する音が響いた。

毎朝、加耶子は一体どんな相手と会っているのだろう。謎かけのようなトッシーの言葉を思い出したが、どんな男なのかさっぱり見当がつかない。

湘南に住んでいたら、一度は浮気しちゃうかもしれない相手？

そんな稀代のプレイボーイが、この地域に住んでいるというのか。考えれば考えるほど怒りが、いや、嫉妬心がふつふつと湧き上がる。

もう少しちゃんとした服を着て、髪もきちんとしていったほうがいいのではないか。相手と鉢合わせした際、起き抜けの格好のままでは、見た目ですでに負けてしまうかもしれない。

今さら躊躇(ちゅうちょ)したが、着替えている暇はもはやない。小走りに廊下を移動し、小上がりに腰掛けてスニーカーを履いていると、階段を降りてくる足音がした。

「パパ、どうしたの？」

樹理が起きてくるのは計算外だった。話しているうちに、加耶子との距離が開きすぎてしまうかもしれない。

「樹理こそ、まだ早いぞ。私はちょっと散歩に行ってくる。それじゃあ」

一気に言い終えて立ち上がると、樹理が小首を傾げ、「いっしょに行く」と言い出したではないか。

「いや、ちょっと急いで行きたい場所があるんだ。珍しい鳥が来る場所でな」

我ながら苦しい言い訳である。

樹理がぽかんと口を開けたあと、声を上げて笑った。

「パパって、嘘がつけない性格だよね。ママを追いかけるんでしょう？　わかってるから、いっしょに行こう」

今度は私が口を開く番だった。

「ママから何か聞いているのか？」

「ううん。でも大体の見当はついてるから」

夫には解けなかった謎を娘は、帰省からたった二日で見通せているらしい。私の密かな敗北感になど頓着せずに、樹理がサンダルをつっかけた。

「付いてきて」

「しかしだな」

加耶子の逢瀬(おうせ)の相手を、娘に見せていいものだろうか。とっくに成人して家庭を築いているといっても、娘はいつまでも娘。両親のいざこざは傷つくに決まっている。

「大丈夫だから、ね?」

私の気持ちをくみ取ったかのような催促に、躊躇しながらも立ち上がる。

玄関戸を開けると潮風が肺を満たし、盛夏よりもやや穏やかになった朝日が全身を照らした。

樹理はよほど確信があるのか、急いで加耶子の後を追うわけでもなく、家を出た途端にはじまる坂道をのんびりと下っていく。

「どう?　リタイア生活三日目は」

「そうだな。なかなかに波乱万丈なようだ」

樹理が穏やかに笑んだあと、海に視線を投げかけた。

「今日は波があるね。ママ、張り切って出かけたんじゃないかな」

「どういう意味だ」

私の問いかけに、樹理は意味ありげな視線を返すばかりである。もう観念して無言のまま後を付いていくと、まっすぐに由比ヶ浜へと連れ出された。

キラキラと朝日を反射する海は引き潮で、人々が思い思いに過ごしている。潮の引いたあとの砂のぬかるみをはしゃいで走り回る大型犬、桜貝を拾い集める女性連れ、海に向かってヨガを行うグループ。

もっとも多いのはやはり、サーフィンを楽しむ人々だろうか。しかし、ウクレレを弾くグループはどこにも見当たらなかった。

「あ、いた。あれじゃないかな」

樹理が、そっと海のほうを指差した。しかし当然、見えるのはサーファーのみだ。その中で、あまり上手ではないらしく、波に乗ろうとしては失敗している一人がやけに目についた。

「ほら、ママ、頑張ってるよ」

「え？」

もう一度、件のサーファーを見つめてみる。

「加耶子、なのか？」

それは確かに見慣れた、いや、見知らぬ加耶子だった。

「本当に？」

ウェットスーツに身を包み、大きなサーフボードに乗って懸命に沖へとこぎ出しているあのアクティブな女性が、自分の妻なのか。

啞然(あぜん)としたまま、しばらく動きを見守った。

失敗しても、失敗しても、何度もパドリングを繰り返し、ついにボードの上に立つ。

小さな波だったが、それでも何秒か、彼女は見事に乗りこなしてみせた。

そばで見守っているのは指導員だろうか。拍手を送っている。

「なんだ、それならそうと言ってくれればいいのに」

「やだ、パパ、大丈夫？」

樹理が、そっとハンカチを差し出す。どうやら私は、年甲斐(としがい)もなく泣いているらしい。

気遣う声に応えることもできずに、娘のハンカチを受け取って目元を拭った。

口に入り込んできた塩辛い涙を、どうやってか飲み下す。

ほっとしたのと、疑った自分が情けなかったのとで、滑稽なほど涙は流れつづけた。

そうか、トッシーはまさにサーフィンだと見越していたんだな。

早朝とシャンプーの香りというツーヒントだけで推測してみせたのは見事だった。もしかして、彼も経験者なのだろうか。

私が喉を震わせている間も、加耶子は、二度、三度と波に乗った。朝日を浴びながら、実に生き生きと。

私のいない場所で、彼女はあんなにも輝いている。その姿が本当に美しかった。

「なぜ、ウクレレのレッスンなんて」

「多分、恥ずかしかったんじゃないかな。パパも心配して反対しそうだし」

「まさか、反対なんて」

言いさして黙る。そういえば樹理が大学進学のために都内で一人暮らしを始めた頃、加耶子からサーフィンを始めたいと相談されて、「危ないんじゃないか」と返したことがあったかもしれない。あれから何も言い出さなかったから、いつしか日々に紛れて忘れてしまったが、妻はずっと心残りだったのか。

「そうか、ママはこういうアクティブな面があったんだな」

「惚れ直しちゃった？」

「そんなことは何度もある。でも今回は、そうだな。いちばん惚れ直したかもしれないなあ」

「やだ、ごちそうさま」

加耶子から目が離せずにいる。何もない、と悩んでいる私をよそに、主婦として立派に家庭を支えてきただけではなく、自分だけの喜びを見つけて輝いている。

人生は旅だというなら、彼女は本当に旅が上手だ。

これは、見放されて当然か。

いっそそんなことさえ思えるほど、何度ボードから落ちても波に挑みつづける彼女は素晴らしかった。

「ね、ママを驚かせようよ」

そんな樹理の声に頷いたのは、どれくらい経ってからだろう。

二人、連れだって波打ち際まで近づいていった。加耶子が夢中で波に乗り、ちょうど私達の立つ岸へと向かってくる。海に落ちてひょっこりと頭を上げた瞬間、私と目が合った。

「うそ、どうして二人がここに」

「ママを怪しんで、二人で尾行したんだよ。ね、パパ」

気まずくて頭を掻く。

「すまん」

加耶子は口をパクパクとさせたあと、「樹理っ」と小さく叫び、ボードを放り出して岸へと駆けてきた。すぐ脇の樹理を見ると、いつの間にかうずくまっている。

「おい、どうした」

「なんでも、ない。大丈夫」

真っ青な顔で応えるなり、えずいている。

「大丈夫なわけがないだろう」

言いながら、はっとした。

こんな場面を、約三十年前にも経験したことがある。

「樹理、おまえ、子供ができたのか」

こちらを見上げる樹理の顔は弱々しく、まだ少女だった頃と同じくらい頼りなく見えた。


自宅のリビングで、加耶子と向き合った。樹理は二階の自室で休ませている。

「知っていたのか、樹理が身重だって」

「ええ、相談を受けていたの。黙っていてごめんなさい」

「いや、それはいいんだが。相談、とは？」

めでたい話のはずなのに、やけに重い加耶子の口調に嫌な予感がした。

私の問いには答えず、加耶子が視線を窓の外に逃す。つられて目を遣ると、樹理の生まれた年に植えた桜が、青々と葉を茂らせていた。

「樹理ね、家に戻ってきたいんですって」

「そりゃ、もちろん、出産ともなれば自宅に帰ってくるのは当然じゃないか」

「そうじゃなくてね、子供を産んだあとも、ずっと家にいたいって」

開け放した窓から、葉の擦れる音が大きく響く。いつの間にか、金木犀（きんもくせい）が香っている。

それはつまり、母子でここで暮らすということか？　父親抜きで、私達といっしょに？

「なぜだ。うまく行ってたじゃないか。子供にも恵まれたっていうのに、どうしてこのタイミングで」

「あの子もよくよく考えた上での決断なのよ。尊重してあげない？」

「それじゃ、おまえは賛成なのか」

「ええ、もちろんよ。子供を家の外でも同じ時期にこしらえる男のもとに、大切な娘を置いておけませんから」

世界がぐらりと傾ぐ。

「うそだろう、貴久君に限ってそんな」

息子のように可愛がっていた男だ。男前で、話が面白く、義父母への気遣いをいつも忘れない。樹理のことも、あんなに大事にしていたじゃないか。

それなのに——。

貴久君への怒りやら、娘への憐憫（れんびん）やら、生まれてくる子への喜びやらがない交ぜとなり、にわかにはつづきの言葉が出てこなかった。

加耶子が無言で立ち上がり、日本茶を淹れて戻ってくる。

熱いお茶で喉をうるおすと、ようやく口元が動いた。

「大きな出来事は重なるとはよく言うが、まあ重なったなあ。俺の引退と、あいつの離婚と――」

　はっと湯飲みをテーブルに置く。

「もしかして、樹理のために離婚届をもらってこなかったか」

　おそるおそる尋ねた私に、加耶子が目をすがめてみせた。

「やっぱり、バッグから盗ったのね」

「そりゃ、あんな風に飛び出していたら嫌でも目につくだろう。話があるだなんて思わせぶりなことを言うし、俺はてっきりおまえが俺と離婚したいのかと。朝方はいつもいないし」

　言葉尻が震えた。

「嫌ねえ。これから楽しいことが沢山あるっていうのに、どうして離婚を考えるのよ。今まで働いた分、楽しまないと。話したかったのは、樹理のことよ」

「そうか」

　湯飲みを包む己の手をじっと見下ろした。

　ここ数日、悩んできたせいか、素直には喜びきれずにいる。

「だけど、本当にこの先を楽しみにしてくれるのか。俺は、もう稼いでもこないし、家事も料理も下手くそだ。つまり、仕事をとったら趣味もスキルも何もない男だ。サーフィンだってできないし、少し腹も出ているし、白髪だってだいぶ増えた」

「あら、さいきん元気がないと思ったら、それで悩んでいたの」

「まあ、そんなとこだ」

本当は君の浮気が心身にいちばん堪えたのだとは、さすがに言えない。

「何をしていいのかわからないなら、サーフィンでもいっしょにやってみる？」

「俺もか」

「ええ、せっかく時間ができたんだもの。いろいろやってみたらいいじゃないの。私だって、ようやく見つけたのよ、自分に合う趣味を。でもまあ」

二階を見上げて、加耶子が笑う。

「しばらくは忙しくて、趣味どころじゃないかもね」

「それもそうだな。ずいぶん騒がしくなりそうだ」

頷く妻は、すでに祖母の顔になっている。言えば「あなたこそ」と返されそうだから黙る。

「あいつは、俺達の娘は、ずいぶんと芯が強いな」

「ええ、昔からそうだった」

実家に戻ってからも気丈に振る舞っていた娘の姿を思い出し、胸が痛んだ。確かに、転んで膝をすりむいても意地でも泣かない子だった。

「支えてやらなくちゃなあ」

「ええ。このタイミングで退職したなんて、きっと天の計らいよ。精一杯、勉強しないとね。今の時代、育児の常識も変わって、私達の頃とはずいぶん違うみたいだし」

張り切る加耶子は、波に乗っていた時と同様、輝いている。

「なあ、なぜサーフィンのこと、内緒にしてたんだ」

「だって、前に相談したら反対したじゃないの。私には向いていないとかなんとか。だから、あなたが引退したあと、上手になって見返してやろうと思ったのよ。でもまさか、あとを尾けられるなんて」

「そりゃ、明け方、シャンプーの匂いを振りまきながら帰ってきたら、尾行の一つや二つするだろう」

思ったよりも拗ねた口調になってしまう。加耶子は微かに目を見開いたあと、体を二つ折りにして笑い転げた。

居間には午前の柔らかな日が差し、つい数日前までは会社のデスクにいた時間帯だと気がつく。たった数日前が、もう随分と昔のことのように思える。

「午後は、育児グッズでも買いにいくか。そういうのも、かなり便利になったんだろう？　いや、その前に、男の子なのか、女の子なのか」

「いやだ、気が早いわねえ。まだ半年以上も先よ」

「いいじゃないか。初孫だ。精一杯迎えてやらないと」

孫が出来る。私の、私と加耶子の孫が。

新しい日々が、つづいていく。

「じじいじゃなく、じいじだったか。いや両方かな」

「え？」

桜の木が気持ちよさそうに葉を揺らす。二階では樹理がくしゃみをしている。

今夜、あのラジオでトッシーに、いや、リタイア後、初めてできた年下の友人にどう話そうかと悩みながら、窓を閉めるために立ち上がった。

第四章　今、この時。

九月八日。鎌倉の夏が終わろうとしている。

あれから約二年が経った。俺が、あいつを海で拾ってから。

ちょっとは、人の話をちゃんと聞けるようになったんだろうか。ちょっとは、誰かの胸の内を受け止められるようになったんだろうか。

DJは、しゃべる仕事だと思っていた。だけど、誰かの心を、ほんの少しでも解きほぐすことができるDJになりたいと願って未来の人達と話すうちに、気がついたことがある。

もしかしてDJの仕事は、話すのと同じくらい、聴くことが大切なんじゃないだろうかって。

電話だろうが、ハガキだろうが、ファックスだろうが、関係ない。相手が放つ言葉、綴(つづ)った想いを、とにかく聴く。耳や目からインプットするだけじゃなく、心で聴いて、自分の胸の奥に届けること。

それができて、たぶん初めて、相手に語りかける言葉が出てくるんだ。

平井(ひらい)さんが、俺に投げかけた問いの意味が、最近になってようやく心の奥に届く。

——トッシーさ、ブースの中に、何人でいる？

俺は、ブースの中に一人でいたんじゃない。ずっと、リスナーといっしょに、あの場にいたんだ。

『ラジオがはねたら』。俺みたいな駆け出しのラジオDJが、独り言とも何ともつかないトークを展開する、番組表にはないおかしな番組。一九八六年の現在から、約三十五年も未来の世界へ放送されている。

そんな話、信じない人間が圧倒的に多いだろうし、局へ苦情がいってもおかしくないのに、どういう巡り合わせか、順調に放送を重ねてこられたし、局の誰も気がついていないみたいだ。

ちょっと前を振り返っても、なんて稚拙なトークだろうと、髪を掻きむしりたくなるけど、最近は少し、本当に少しだけ、リスナーのごく近い存在になれたかもしれないと思っている。それともこれは、ただの願望ってやつだろうか。

もうすぐ二十三時。放送の時間だ。

少し水で喉を潤して、いつもみたいに操作盤にはスイッチを入れず、マイクのボリュームをあげる。

いつも通り、マイクのランプだけが点灯するのを確認してから、頬を両手で軽くはたいて、昨日のうちに準備しておいた音楽をバックに流した。

放送開始。大きく息を吸って、見知らぬ誰かに話しかける。

「は～い、湘南のみんな、今夜も波に乗ってる～？　今日もはじまりました、〝ラジオがはねたら〟。お相手はいつもの通り、一九八六年の過去から放送中のDJトッシー。

未来のみなさん、お元気ですかあ？　気がつけばまた夏が過ぎていくよね。浜にはまだ海の家が並んでるけど、花火が終わって、人も少なくなって、水も少しずつ澄んでいくと、こう、胸がきゅうっと切ない気持ちになるよね。過ぎていく夏に、大切な何かを置いてきたような気がするから。なんて、俺がそんなこと言うの、似合わね～っ。そんなわけで、今夜のテーマは〝いつかの夏に置き忘れてきたこと〟。みんなどしどし送ってちょうだいっ。ファックスは市外局番０４６－７３－７７３X。電話番号は０４６－７３－７３３X。

さ、みんなの声を待ちながら、一曲目は、原由子（はらゆうこ）さんの唄う〝鎌倉物語〟」

タカラcanチューハイをグラスに注ぎ、追いレモンを搾って、電話が来るのを待った。

今夜も、誰からもかかってこないかな。

泉太郎さんと話してからも、ごくたまに電話は鳴る。だからトーク練習も兼ねて、ときどき放送をつづけている。

一年以上、未来の人達と話していて、何となく思うようになった。誰かと電話がつながる時というのは、その誰かがほんとに苦しい何かを抱えていて、切羽詰まって、でも同時代の親しい人には助けを求められない、そんな大変な状況の時なんじゃないかって。

だから、電話がかかってくるのはもちろん嬉しいけれど、かかってこなくても、ああみんな元気にやっているんだと、少しホッとするようにもなった。

ノスタルジックな歌声が、じんじんと胸の奥に染みこんでくる。去年出たアルバム、タイトルはずばり『KAMAKURA』。サザンは、やっぱり湘南の魂だ。

しばらく待ったけど、誰からも、電話やファックスがない。

よかった。今夜も、未来の誰かは、そんなに苦しい想いをしてないってことだよな。

——たぶん、あいつも。

瞼の奥に浮かんだのは、捨て猫みたいなあの顔だ。夏の始まりに会って、家族みたいに過ごして、でも、冬の始まりに最低な別れ方をしたあいつ。俺の中では、一年以上経った今でも、大切な存在。今の俺がこの場所にたどり着くための、羅針盤になってくれた子。

俺に夏の忘れ物があるとすれば、まさにあいつだ。

きっと、俺のことをまだ恨んでる。別れ際のあいつの、あの捨て猫みたいな目を、俺は死ぬまでずっと、折に触れて思い出すんじゃないかと思う。

ため息で胸の中から苦みを逃がし、ふたたびしゃべり始める。

「今日も空振りかあ。ま、いいさ。未来とつながるなんて、奇跡だもんな。つながる時もあれば、つながらない時もあるさ。

誰も聴いてくれてないなら、失恋について話でもしようかな。

いちばん最初の失恋は、小学生の時。鎌倉第一小学校のクラス一の美少女に、もっと足が速い子が好きって言われてあえなく撃沈したっけ。そのあとは、中学二年の時。同じ陸上部の先輩に告白して見事に玉砕。まあ、それからも失恋に失恋を重ねてきたけど、ついこの間の失恋がいちばんきつかったかな。でも俺を救ってくれる出会いがあって、俺はその恩人のこと、結果的に見捨てるみたいにして別れちゃって、多分もう二度と会えない。その後悔とか、自分を変えたいっていう気持ちとか、色々とない交ぜになって、悩みに悩んだ結果、目指すラジオＤＪの姿が見えてきて。まあ、ひょんなきっかけから、こうして深夜のラジオブースに座ることになったわけ」

今でも後悔で、胸が痛む。最初の頃のように眠れない夜があるわけではないけど、あの時に自分にもついた傷は、治ることを拒むように、じくじくと膿んだまま胸の底にざっくりと残っている。いや、敢えて残してあるのかもしれない。失いたくない、大切な傷として。

あいつに俺の声が届けばいいのに。

もう一度、ため息を吐き出した時だった。

唐突に電話が鳴り響き、間髪容れずに受話器を持ち上げた。久しぶりの反応に、胸がドクンと跳ねる。

「もしもーし、トッシーです。まずはラジオネームをどうぞ」

電話の主は、さいしょの数秒、何も言わなかった。それでも躊躇いがちに切り出す。

『ビギ、です。私のこと、覚えてますか』

一瞬、思考が飛んだ。何か喋ろうとしたけれど、唇がわなないただけだ。

真っ白になった頭の中に、ゆっくりと、絵の具が滲むみたいに、約二年前の海の景色が浮かび上がってきた。

「――ビギ？　ほんとにビギなのか」

質問に対する答えは、すぐに返ってこない。

俺のほうも絶句したまま、ずいぶんと間を空けてしまった。

相手が、振り絞るような声で答える。

『はい。ビギです。ただ、あなたの知っているビギとも言えるし、違うとも言えます』

「どういうこと？」

「そっちは今、何年？」

尋ねながら、そうか、と気がつく。相手がもしビギだとしても――。

『二〇二二年です。私、もう女の子じゃないんですよ』

ほうっと、今日いちばん大きなため息が漏れた。それが、喜びから来るのか、切なさから、あるいは悲しみから来るのか、自分でもよくわからない。

「こっちはまだ一九八六年だよ。ビギ、俺と会った時、いくつだった」

『私は、十五歳でした』

たった十五歳で、あんな暮らしに一人で耐えてたのか。

「でも、さ。俺が一九八六年から放送してるって、すんなり信じてくれるわけ」

今まで放送がつながった未来人は、少なくとも最初は疑ったり、まともに相手にはせずに受け流したり。その反応で当然だと思う。でもビギは、まったく疑うことなく、むしろ当然といった雰囲気で、このとんでもない状況を受け入れてくれている。

『信じます。だって声が記憶の通りだもの。あの夏の、俊夫さんの声だもの』

タイミングよく入った雑音が、ちょうど波の音みたいに響く。

ビギ、俺、今飲んでるんだ。そういうぐっと来る台詞、ちょっとまずいよ。

目頭を軽くもんで唇を噛んだあと、語りかけた。

「ビギ、今日のテーマは〝いつかの夏に置き忘れてきたこと〟なんだ。俺達に、ぴったりだと思わないか」

『はい』

静かに、ぽつり、ぽつりと、ビギが語り出す。

『あの夏は、かなり梅雨が早く明けて、夏休みの前からもう夏本番で。学校の子たちは、家族旅行の話なんかをすごく楽しそうにしていて』

「うん、うん」

確かに、ビギと出会った一昨年は、蝉（せみ）も慌てるくらい夏が来るのが早くて、俺以外のみんなが夏を楽しんでいるみたいに見えた。

『それで私――』

貝殻の奥から響くかすかな波音を注意深く拾う時のように、大人になったビギの声、その向こうにある感情の波の音にまで耳を傾けて、聴いた。

＊

海が、月明かりを反射して輝いている。柔らかな光が、ざっくりと傷ついた胸にしんしんと染みこみ、じわりと視界が濡れていく。

いくらラジオで喋ってもぜんぜんトークが上達しないし、バイト兼ＤＪのままうだつが上がらない生活をつづけている。そんな中で唯一の心の支えだったのが、宏美（ひろみ）だった。横浜（よこはま）出身、山手（やまて）育ちのお嬢様。ぱっと目立つ美人で、ボディコンが似合う日本人離れした抜群のスタイル。自慢の彼女だったし、おまけに性格もすごく良かった。

しょぼい中古の国産車でも喜んで乗ってくれたし、安いイタメシ屋でも感激してくれた。ブランドものの財布を何とか貢いだ時なんて、俺の懐具合を気にしつつも、飛び跳ねて喜んでくれた。

今年のクリスマスイヴは完璧にして、もっと喜ばせたい。そんな風に気負って、金持ちのボンボンみたいな一流ホテルのディナーは無理でも、クルーズ船を貸し切ったパー券を手に入れて招待するつもりでいた。

宏美と出会った夏が過ぎていく。明日は友達と品プリのスイートで二十年もののワインを開けてパーティをするっていうから、今夜のうちに会いたくて、さっき約束もしないで東京のディスコに会いに行った。彼女はお立ち台じゃなくてVIPルームで友達と飲んでいるって話だった。バイトで忙しかったから、もう一週間くらい会ってない。胸が高鳴って自然と早足になった。

「会いたかった。来てくれて嬉しい」

そんな風に笑いかけてもらえることを、疑いもしてなかった。

だけど、VIP席のドアノブを摑んだ時、後ろから肩を叩かれた。

「今入らないほうがいいと思うぜ。ここで中の話、聞いてろよ。言っとくけど、親切で教えてやってるんだからな」

相手は、最近やたらと彼女の周りをうろついているランボルギーニ野郎だった。実家が総合病院を経営しているというボンボンで、とにかく何もかも俺とはスケール違い。ディスコでも、羽振り良くチップを配りまくって便宜を図ってもらってるって話だ。

促されて、ドアに耳を押しつける。挑むようにこちらに顔を向けたまま、ランボルギーニも同じ姿勢になった。

「ねえ、いつまであのＤＪを騙すわけ？　そろそろ解放してあげなよ、かわいそうじゃん」

「人聞き悪いなあ。彼が勝手に彼氏だって勘違いしただけ。私、自分から何かしてほしいとか、買ってほしいとかおねだりしたことないし。さすがにそんなことしたら、犯罪みたいで気分悪いしさあ」

「でも好きとか何とか言ってからかってたでしょ」

「好きになっちゃうかも、とは言ったけど？」

「宏美は魔性だなあ」

どっと笑い声が起きる。

そっとドアから耳を離した。よろけながら後ずさる。

耳のすぐ間近で響くようだったユーロビートが遠ざかり、尖った宏美の声だけが耳の奥でリピートした。

ＤＪとは、俺のことだ。彼氏だと思ってるのは、俺だけだったってことだ。

わかっていた。初めから釣り合いなんて取れてないって。でも、あんまり悪趣味じゃないか。俺みたいなやつを騙して、何になるんだよ。

「俺、帰るわ」

言い捨ててその場を立ち去ろうとした瞬間、ランボルギーニが手に何かを握らせた。

「タクシー代だ。とっとけ」

そっと手を開くと、くしゃくしゃの一万円札が三枚収まっている。

「あいつ、友達と賭けてたんだよ。おまえを落とせたらバーキン買ってもらうってさ。所詮、その程度の女ってこと」

最後の一言で俺を慰めでもしたつもりだろうか。

「その程度の女を、おまえも好きなんだろう」

しわがれた声で尋ねると、相手は気障に肩を竦めてみせた。

「さあな。俺、もう結婚相手決まってるし。あの手のタイプとどうにかなっても遊びだよ。結婚するには頭が軽すぎだろ」

瞬間、ランボルギーニの胸ぐらを摑んで、ぎりぎりと締め上げていた。

「自分を騙した女のためになんで」

問われて、右腕から力が抜けていく。同時に、はらりと一万円札が床に散らばった。

この三枚があれば、プレミアのついたLPが二枚も買える。

そんなことが頭をよぎった俺も、所詮は、その程度の男ってことなんだろう。

「もう行く」

「拾ってけって。見舞金だよ」

床の一万円札をよけ、ビート音が耳をつんざく店内を早足で通り抜ける。誰かが持っていたカクテルグラスが肩に触れて文句を言われたけど、知ったこっちゃない。無視して出口を目指した。

出口？　出口なんてあるのかよ。

発作的にバーに駆け寄って生ビールを注文し、一気に飲み干した。二杯目、三杯目、思考が鈍ってくる。とことん安い男なんだ、俺は。

ふらふらとディスコを出て地下鉄に乗り、新橋（しんばし）でスカ線に乗り換えてどうにか鎌倉まで戻った。

まだ微かにアルコールが残っている。人けのない若宮大路を由比ヶ浜まで歩き、ようやく、夜の海にたどり着いた。

もう真夜中近い。夏の盛りだったらまだ花火などに興じる連中もいただろうけど、夜風に涼の混じる今の時期は、稲村ヶ崎のほうまで浜はしんと静まり返っていた。

流木に腰掛け、何気なく波の向こうに目をやる。闇に沈んだ波間に、黒いものが上下しているのが見えた。ブイだろうか。その周囲だけやけに飛沫（しぶき）が上がっている。

待て、あれは、人の――あたま？

そんなわけはない。まだ酔いが醒めきらないのか。

目をこすって、もう一度黒い物体を凝視した。やはり見間違えではなさそうだった。

そもそもあんな場所に、あんな大きさの物体が浮いているわけがないし、ブイはあんな風に——もがかない。

「嘘だろ」

立ち上がって駆けだしたいのに、足にうまく力が入らなかった。生ビールをあんなに呷（あお）った自分を叱りつけたくなる。どうにか波打ち際まで行って、じゃぶじゃぶと海へ入った。

潮水がひんやりとまとわりついてくる。足がもつれる。

それでも、ようやく飛沫の上がる辺りまでくると、上半身を摑んで引き上げた。

「離せ！」

良かった。まだ元気だ。

「嫌だね。とにかく浜に上がるんだ」

ぐいぐいと引っ張るが、相手の抵抗もけっこう強い。子供、おそらく、中学生の男子ってところか。

油断したところで、ぐいっと腕を引っ張られ、はずみで足がよろけた。ざぱんと派手な音を聞いたあと、子供とはあべこべに全身が海に沈む。

「おじさんっ」

焦った相手の声が聞こえた気がするけど、気のせいだったってことにしておこう。俺はまだ、お兄さんだ。

海面に、月明かりが浮かんでいる。このまま沈んで息絶えたとして、俺は果たして後悔するんだろうか。

投げやりな気分になって体を海水に預けたけど、すぐに息苦しくなって顔を浮かべた。足をしっかりと海底につけて立ち上がる。

「焦らせないでよ」

身勝手なことを言う相手の腕を再び摑んで、岸へと上がった。

よくよく見てみると、少年だと思った相手は、少女だったらしい。

「こんな遅くにどうした？　夜中に女の子が一人で。いくら治安がいいっていっても、変な大人だっているんだぞ」

相手にハンカチを押しつけると、顔を顰められた。

「香水くさい。けっこう安いやつでしょ」

「失礼だな、ドルガバだ」

取り返して嗅いでみると、確かに海水と混じり合って酷い匂いだった。

さっと少女の服装に目をやった。濡れたトレーナーには『ＢＩＧＩ』とＤ．Ｃ．ブランドのロゴがでかでかとプリントしてある。軽く一万円以上はするやつだ。

「何はともあれ、まずは家に連絡入れないと。公衆電話までだったらいっしょに来てくれるだろう？　迎えに来てもらったほうがいい」

なにせもうすぐ日付が変わる。家族が相当心配しているだろう。海にざぶざぶ入っていったと知ったら、もっと心配するだろうが。

「誰もいないよ。出張だもん」

「ママもか」

「どっちかっていうとママのほうが忙しい。フラワーアーティストで、海外も飛び回ってるから」

「それじゃいつ帰ってくるんだ」

「さあ、一週間後だったと思う。パパは五日後だし。お手伝いさんが毎日来てるけど、今日はもう帰ったあとだから、明日の朝までに戻れば誰も心配なんてしないよ」

大人が浮かべるような諦めの表情を、こんな子供がどうやって手に入れたんだろう。

とにかく何か声を掛けたかった。

「いっしょに俺の会社にでも来るか？　タオルくらいなら貸せるし。あ、家に戻るなら送っていくけど」

「知らない人に黙ってついていくなって言われてるから」

正しい教育だ。

「ま、そりゃそうだな。でも、そのままだと風邪引くし」

月明かりに輝く海面が、にわかに禍々しさを湛えて見えた。どうにかして少女を海から引き離したくなる。

「とりあえずここから離れよう。若宮大路を歩くぐらいなら平気だろう？　ええと名前は」

「ビギ」

絶対嘘だろう、それ。

目をすがめたが、相手は悪びれずにこちらを見つめ返してくる。捨て猫みたいな、ギラギラと尖った目だった。

「じゃあ、ビギってことで」

頷くと、少女がにっと笑って立ち上がった。髪の先からぽたぽたと滴が落ちるのが痛々しい。

「タオルを売ってるような店は開いてないし、どうするかなあ」

「濡れたままで平気」

言ってるそばから、ビギがくしゃみをした。

「なあ、なんでこんな時間に海にいたのか知らないけど、風邪引くと、楽しいこと何にもできないぞ。学校にも行けないし」

「別に、学校、ぜんぜん楽しくないし」

ビギは俯いたあと、顔を上げた。

「ねえ、お兄さんの家に連れてってよ。さっき言ってくれたじゃん」

「はあ？　いや、会社ならまだしも、家はまずいだろ。俺、誘拐犯になりたくないし」

女子中学生を家に連れ込むというのは、かなり聞こえがよろしくない。このまま警察に引き渡そうかと考えたが、濡（ぬ）れ鼠（ねずみ）のうえに、あまりにも痩せこけている相手を見下ろしていると、捨て猫をさらに捨てるような罪悪感に襲われた。

こちらを見つめるビギの前髪からは、滴がぽたりぽたりと落ち続ける。

「仕方ないなあ。体あったまったら、すぐ帰れよ」

結局、ビギを由比ヶ浜のマンションに連れ帰った。借りているマンションの大家さんは、夢を追う若者を応援したいという篤志家で、こぎれいな、しかも防音の行き届いたマンションを格安で貸している。隣の住人はギタリストだけど、楽器の音に悩まされたことはほとんどない。仲介してくれた不動産屋は、この物件のことを由比ヶ浜の奇跡と呼んでいた。

「へえ、そこそこ片付けてあるんだ」

ビギは玄関から中をじろじろと見回したあと、家に入った。小姑みたいに部屋の隅まで汚れをチェックしたあと、「大丈夫そう」と頷いている。

「とにかくあったかい風呂にでも入れ。髪乾かしたら家まで送るから」

「据え膳、食わないの」

「お、大人をからかうもんじゃない」

タオルといっしょに宏美が置いていったラルフローレンのポロシャツとショートパンツを手渡す。

「ちょっと大きいかもしれないけど、濡れてる服よりはマシだろ」

しげしげと女ものの洋服を眺めたあと、ビギは「ふん」と鼻をならして、ユニットバスの中へと消えていった。

これまでの態度を見る限り、この世を儚(はかな)むようなか弱い少女には見えなかったが、妙に危なっかしいやつだ。中学生だった当時、クラスの女子なんて一様にややこしくて苦手だったけれど、大人になっても同じだとは。

シャワーの音を聞きながら、こっぴどく振られたばかりだったことを思い出す。

「いろいろありすぎて、忘れてたよ」

この世に、うっかり猫を拾ってしまう人間が後を絶たないわけを知った夜だ。

インスタントのスープをつくって少し冷まし、冷蔵庫にあったあり合わせでトマトソースのパスタをつくった。子供の好むものが何なのかよくわからないから、宏美の好物になってしまうのが悲しい。

「おじさんの彼女って、ちょっと太めなの」

だぼつくズボンをぎゅっと紐でしばって結びながら、ビギがユニットバスから出てきた。

「そんなわけないだろ。ナイスバディといえ。それに、おじさんじゃない。お兄さんだ」

ビギは肩を竦めると、テレビの前にどかりとあぐらをかいた。

「だって、いくつ？」

「俺はこう見えても、まだ二十一歳だ」

「おじさんじゃん」

ぐぬぬ、と返事に詰まる俺には構わず、ビギはテレビ棚の下に無造作につっこんであったゲームカセットを物色している。

「マリオブラザーズにロードランナーか」

「こう見えてもマリオは負け知らずだ。勝負するか？」

ビギがちらりとこちらを見上げる。野良猫の瞳に、侮蔑の色が浮かんでいた。

「勝てると思ってるんだ」

「俺がどれだけやりこんでるか知らないだろう」

ビギの隣に腰を下ろし、二人でコントローラーを持った。協力プレイなんてもちろんするつもりはない。見えない火花が俺とビギの間で激しく散る。

耳慣れたイントロの電子音に合わせて、二人で同時プレイした。もう数え切れないほどプレイしたから、条件反射で指が動く。順調に敵を気絶させては突き上げてやっつけていった。そのうちビギが明らかにわざと妨害しだした。

「おいおい、やめろよ」

「ごめ～ん」

画面上の妨害はもちろん、コインを取ろうとすればわざと腕にぶつかってきたり、ひっくり返したシェルクリーパーを敵に蹴り飛ばそうとした瞬間、これみよがしにクシャミをされたり。

「おまっ、性格わるいなあ」

「対戦にルールなんてない」

どんなにビギがえげつない手をつかっても、俺は大人だ。中学生女子を相手に姑息な真似をしすぎるのも教育上良くないと独りごちて、フェアプレイを貫くつもりだったのに、ビギは強すぎた。流れるようにルイージを操るビギに対してフェアな態度など吹き飛び、気がつけば画面に向かって口汚くののしり、熱くなってダークな妨害に手を染めていた。

「完敗だ。名人の称号やるよ」

一時間後、がっくりとうなだれた俺を横目に、ビギは面白くもなさそうに「ふん」と鼻をならし、「喉が渇いたんだけど」と飲み物を要求した。冷蔵庫の中身を一瞥して「このレモンの絵のやつ」と缶チューハイを指差したが、もちろん却下だ。

「お子ちゃまはこっち」

缶のマウンテンデューを手渡すと、やや不満気だったが黙って受け取り、喉を上下させている。ちゃんと生きてる。良かった。

俺が止めなかったら、ビギはさらに沖へと向かうつもりだったんだろうか。本当に俺が想像するようなことをしようとしていたんだろうか。

尋ねたかったが、口にしたら、ほんの少しだけ俺に向かって開かれた窓がぴしゃりと閉じてしまいそうだ。

「もう夜も遅いし、家まで送る」

「言ったでしょ、朝まで誰もいないって」

「それでもだ。電話がかかってくるかもしれないだろ」

ビギは黙って缶ジュースの飲み口を見つめていたが、小さく頷いた。

友達から格安で譲り受けたボロの中古車を除けば、泥よけあり、前かごあり、バックシートだけ後付けしたほぼノンカスタムのスーパーカブ、つまりバリバリの新聞配達カブが俺の愛車だ。バイク置き場から引っ張り出された古びた相棒を見て、ビギが少し怖じ気づいたようだ。

「それ、ちゃんと走るの」

「バカにすんな。れっきとした現役だ」

塗装がところどころ剝げたヘルメットを手渡し、シートにまたがせると自分も乗った。

よくよく考えてみると、宏美をこいつに紹介したことは一度もなかった。というよりも、女性とタンデムしたことも一度もない。

「おい、言っとくけど、俺とタンデムした女子第一号だ。光栄に思えよ」

「バカじゃないの」

ああ、俺はバカだ。あっさりナイスバディに騙されたバカだ。

ビギはゲームで圧勝した時と同じようにさげすみの滲む声を上げたが、黙りこくった俺に何かを感じたのか、大人しく腰に捕まった。

ビギの家は、雪ノ下にあるという。言わずと知れた、鎌倉駅周辺の高級住宅地だ。言われるままに十分ほど走って、鎌倉宮近くの路地に停車した。

「家の前まで来なくていいよ」

言い置いて、ビギが手を振って去って行く。

しばらく見送って帰ろうとしたところで、やたらとごつい男がパーカーのフードを目深に被り、ビギと同じ道をたどっていった。

街灯の光はあるが、念のため後を追う。左右はどこからどこまでが塀なのかという立派なお屋敷ばかりが並んでいて、ビギの姿はしばらくいって右へ逸れる道の奥に、まだ見えた。男は左へ曲がっていく。

ほっとして踵を返そうとした拍子に、ビギがとある門へと入っていくのが見えた。

ふと、好奇心が鎌首をもたげる。

そっと歩を進め、ビギがつい先ほど吸い込まれていった辺りで立ち止まった。

鉄柵門の向こうにまだビギが見える。背中があまりにも心細げで、思わず声を掛けそうになってしまう。

ほとんど野良猫だな。

アプローチの灯りで浮かび上がる瀟洒な庭の向こうには、暗い家屋が佇んでいる。

玄関の中へと消えていくビギの背中を、息を殺して見守った。

＊

ビギとの出会いで一時はどこかへ引っ込んだと錯覚していた失恋のショックが、一夜明けると、胸の中にしっかりと居座っていた。

たかが失恋じゃないか。

自分を鼓舞してどうにかベッドから立ち上がってはみたものの、この世のすべてが錆びついて見える。喉が渇いて、マウンテンデューを飲もうと冷蔵庫を開け、ビギに飲ませたことを思い出した。

あいつ、元気かな。

ビギも同じように、起きたらこんな最悪な気分を引きずっていないだろうか。あの年頃の少女が、夜、あんな大きな家で一人で寝るって？　夜の海で溺れかけても、気づく大人がいないって？

そんなの、正しいことじゃない。

辛うじて一本だけ残っていた炭酸水をガブ飲みして、ようやく仕事の準備にとりかかる。

今日は放送のある日だ。夕方の放送開始までに取材も一件入っていて、プロデューサーの平井さんといっしょに、新しくできたケーキ店を訪れることになっていた。

軽くシャワーを浴びて身繕いしたあと、スーパーカブにまたがって取材先へと向かった。

そういえば、今日のケーキ屋も雪ノ下だったな。

到着してみると、まさしくビギの家のほぼ真裏だった。

まあ、今頃は学校に行ってるか。

店に入ると、平井さんはもうとっくに到着していて、好意で出された特大のモンブランを美味そうに頬張っていた。

「ラジオよりテレビ向きじゃないっすか、そのほくほく顔」

「いや、だってうんめえもん。あ、こいつ、俺の高校の同級生で店主の香坂武。こう見えても百年つづく和菓子屋のせがれのくせに、フランスに修業に行ってケーキ屋を開いたひねくれ者」

「ひでえ紹介だなあ」

ひょろりとした店主は、三十半ばの平井さんよりかなり若く見え、どちらかというと俺と同い年くらいに見える。雑談形式で取材をはじめてみると、洋菓子の道へ進んだのは、ひねくれた結果というよりも実家の願いでもあったらしい。

「家業も百年つづくと、伝統って箔がつくのと引き換えに流れが淀む部分もあってさ。それを憂えたじいちゃんが、孫で跡継ぎ筆頭候補だった俺を唐突に呼びつけて、おまえはフランスへ行って洋菓子を修めろって宣言したわけ。もう、両親は大騒ぎ」

それでも、小さい頃からおじいちゃん子だった香坂さんにはピンと来た。

じいちゃんは、家業の幅を広げたがってる。頭の中には誰よりもハイカラで骨太な新しい店の未来絵図が拡がった。

「俺はもう興奮しちゃって、絶対に、じいちゃんと俺で夢を叶えようってなって、その一ヶ月後には渡仏してね。そっからはもう、スイーツ漬けの日々」

祖父のコネクションがあったおかげで、有名パティシエのもとでみっちりと修業をし、さらにパリで自分の店を出し、かなりの人気店へと上りつめたという。

「つまりこのお店って、パリからの逆輸入ってことですか」

「そういうこと。まあ、食べていってよ」

俺の前に置かれたのは、ムース・ア・ラ・ピスタシュ。ピスタチオのふわふわっとしたムースだ。一口含んで何か言おうとしたのだが、二口目、三口目と無言で食べ続けてしまった。甘さは控えめな代わりに、ピスタチオ独特の濃厚な風味が口の中にふわりと広がる。ひんやりとした滑らかなムースの食感が、残暑の熱に少しあてられた体に心地よかった。

「本物のピスタチオより、ピスタチオですね」

俺の感想に、香坂さんが破顔する。

「そりゃどうも。こっちも食べてみるか」

どうやら気に入ってもらえたらしく、俺の目の前には次から次へとケーキが運ばれてきて、片っ端から試食させてもらった。取材もほぼ終わって胃袋がパンパンになった頃、あくまでもさりげなさを装って俺は尋ねた。

「香坂さん、この真裏にあるお屋敷の住人ってご存知ですか」

「ああ、溝口さん？　知ってるもなにも、昔は家族ぐるみで付き合いがあったよ」

「それじゃ今は」

「代替わりしてからは全然。じいちゃん同士は小学校の同級生ってこともあって、もう親戚みたいなもんだったけどな。跡取り娘が俺より少し上なんだけど、昔からちょっと癖の強いタイプでさ。フラワーアーティストとして売れてからはほとんど家にいねえし、父親も商社勤務でいつも出張ばっかりでなあ。中学三年生になる娘さんがいるんだけど、ほとんど通いのお手伝いさんが面倒みてるんだわ。あの子も、小さい頃はよく顔だしてくれてたんだけど、特に中学校に上がってからは全然」

「そうなんですか」

あいつ、中三だったのか。名前はなんていうんだろう。気になったけど、乱暴に暴く真似はしたくなくて、深追いはしなかった。

でもやっぱり、夕方、番組が終わったあとに訪ねるくらいはしてみようか。

体にまとわりつくような、どす黒い海水の感触が、ひんやりと甦ってくる。

店を出て道を渡れば、ビギの家の塀だ。はみ出して覗くうっそうとした樹林から鳥の声が響いてきたが、それだけだった。

大好きで始めた仕事なのに、いや、大好きだからこそ、上手くいかない時の落ち込みは酷い。

「あ〜、ぜんっぜん、うまく喋れなかった」

番組を終えてすぐ、手洗い所に駆け込んでばしゃりと顔を洗った。ぬるい水道水は、頭の中をまったく冷やしてくれない。

わざわざ取材までさせてもらったのに、店の名前は噛むし、スイーツの魅力の半分も伝えられなかった。動揺して、後半は予定していた曲をすっとばして、この鎌倉なみおとFMでは禁忌とされている個人所有のヘヴィメタを流してしまった。もちろん、それまで伝えていたシックな店の雰囲気は、リスナーの思考から一気に追い出されてしまっただろう。

香坂さん、きっとがっかりしただろうな。

しばらく俯いたあと、顔を上げて顔の水をハンカチで拭う。ブースの外に設けられている自席に戻ったところで、平井さんに声を掛けられた。

「トッシー、このあと暇？」

「あ、ええと」

今日はこのあと、ビギを訪ねようと思っている。もう夕方だし、平井さんは酒好きだからきっと長丁場になる。

多分、今日の放送のことで、説教されるんだろう。それも気が重い。どこがどんな風にダメだったか、俺自身がいちばんよくわかっている。

「今日は飲まないし、そう時間は取らせないからさ、小一時間、どう?」

「それなら」

渋々という表情を隠そうともしない。我ながら可愛くない後輩だ。七里ヶ浜の裏通りにある喫茶店に連れ出されて、席に着くなり、「ヘヴィメタの件ですか。それとも、トークがダメダメだったことですか」と先手を打った。

「え? ああ、あれな。いきなりヘヴィメタはダメだろ? 始末書、部長まで提出しとけよ。あと、トークが稚拙なのは知ってる。いつも通りだった」

「そうですか」

コーヒーをごくりと飲み下した俺を見て、平井さんが肩を竦めた。

「トッシー、最近、なんか行き詰まってないか?」

もういちど口に含んだコーヒーが、気管に入ってむせる。

「おい、大丈夫かよ」

「とつぜん、変なこと言うからですよ」

言っちゃなんだが、すぐ隣のディレクターに想いを寄せられているのに、まったく気づく気配のないくらい、この人は鈍感だ。その平井さんにまでバレるほど、見るからに落ち込んだ様子だったかと思うと、ちっぽけなプライドが傷ついた。

「俺はぜんぜん平気ですって。そりゃ、ちょっと今日の放送は失敗が多かったですけど」

「だから、失敗が多いのはいつものことだろ？　噛んだ回数まで前回と同じだったぞ」

「いつも数えてたんですか」

俺の返しを面倒そうに無視したあと、平井さんがまっすぐに見据えてきた。

「最近、思ったように喋れなくて苛立ってるんだろ」

今飲んでたら、絶対にまたむせたな。

コーヒーカップを置いて、ぐっと唇を前に突き出した。

「野郎がやってもぜんぜん可愛くないな、その顔」

「そういうつもりでやってないですから。俺が行き詰まってるの、なんでわかったんですか」

「そらまあ、誰もが通る道だしな」

「そんなもんですかね」

男同士、アルコールも介さずに向き合っているのも気詰まりで、窓の外に視線を逃がした。トッシーさ、ブースにいる時とは違って、誰もこちらをちらっと振り返ったりしない。

「トッシーさ、ブースの中に、何人でいる？」

「はい？　俺はいつも一人ですけど。みんなそうでしょ」

たまにゲストが来る日以外、基本はいつも俺だけだ。そのことは、平井さんもよくわかっているはずなのに。質問の意図がつかめずに、少しふてくされた声が出た。

「一人じゃないよ」

にっと笑って、平井さんが立ち上がった。

「なんか用事あるんだろ？　もう言いたいこと終わったから、帰っていいぞ」

「え？　今ので終わりですか」

「必要にして十分。よく考えてみろよ。あと、最近、ちょっといい若手のDJが東京FMで喋ってるからさ、よかったら見学にいかないか？　昔の先輩がプロデューサーしてるんだ」

「ああ、俺は——止めときます」

「そうか」

平井さんは思いの外あっさり引き下がると、一杯ひっかけにいくといって、二人分の会計を済ませてさっさと出ていってしまった。

自分から邪魔そうに対応したくせに、一人残されて少し傷つく。

誰もがなれる職業じゃない。ラジオブースに座っていられるだけで、十分ツイてる。上手くなりたかったら、努力するしかない。わかってる。

だけど一体、どう頑張ればいいんだ？

俺のしゃべりで、世の中を動かしたい、流行を生み出したい、何なら俺が流行になりたい、なんて本気で思ってた。自分はそういうイケてる職業に向いてる、天職だ、なんて息巻いていた自分を殴ってやりたい。

やってみてわかった。そんなに簡単な仕事じゃない。他の仕事と同様に、努力もいるし、運や才能も山ほど必要だ。

俺と同じように突っ走って、きつい坂道を登り切れなくて転落していったやつを、けっこう知ってる。そういうやつに限って、ディスコで、「俺、ラジオのＤＪ」なんていきがってたりする。軽蔑していたその姿こそ、明日の自分じゃないかって、背筋が寒くなった。

今、ちょっといい若手のトークなんて聴いたら、ただでさえ失恋で傷ついたハートが立ち直れなくなるほど打ちのめされそうで怖かった。

平井さんにはさっき、この臆病さも一瞬でぜんぶ見透かされていたんだろうと思うと、いたたまれなくて、テーブルにごんと額を打ってうつ伏せになる。

「うう」

唸って、目を閉じて、しばらくして顔を上げた。

落ち込んだ時は、サーフィンに限るよな。

ちょっと波に乗ってからビギに会いにいくことにして、俺はいったんアパートへと戻った。バイク置き場にスーパーカブを置いて、玄関へと向かう。それぞれの玄関先を、大家さんが季節ごとの鉢植えの花で彩ってくれている。今は、コスモスが部屋ごとに色違いで風に揺れていた。俺の部屋の玄関には白いコスモス。その背後に、誰かがうずくまっているのが見える。

「ビギ?」

話しかけると、小さな顔がこちらに向いた。

「帰ってくるの、おっそ。おじさんって、暇人じゃないの」

「失礼だな。これでもれっきとした社会人だ。ビギこそ学校はどうした」

「とっくに放課後だよ」

「ああ、そっか」

空を見上げると、いつの間にかうっすらとオレンジに染まりはじめている。

「ねえ、お腹空いたんだけど」

ビギが玄関のほうへとあごをしゃくった。

「あのなあ、家に夕飯ないわけ?」

「飽きたよ、ハマさんのごはんなんて。味薄いし」

ハマさん、というのは、通いのお手伝いさんのことだろうか。

「あいにく、家の中には何にもないんだよ。「土手」にでも行くか」

「もしかして、この先の居酒屋のこと」

「よく知ってるな。同級生がやってるんだ。禁煙だからお子ちゃまでも大丈夫だし、料理の味も悪くない」

少し考えたあと、ビギは頷いた。しまったばかりのスーパーカブを引っ張りだしてくると、また顔を顰めている。

「ベスパとか、そういうかっこいいのに乗ったら？　映画でオードリー・ヘップバーンが二人乗りしてたやつ」

「おお、〝ローマの休日〟を見たのか」

中学生にしては趣味がいいな、と言いかけて黙った。ビギについて俺が知ってるのは、ビギという名前だけ、ということになっている（絶対に偽名だけど）。それ以上のことを知っているとバレたら、ビギはもう二度と俺の前に現れないという確信に近い予感があった。

「おばあちゃんの趣味」

頷いたあと、俺はカブの古いシートをそっと撫でてやった。

「ベスパもいいバイクだけど、スーパーカブは柴犬（しばいぬ）なの。丈夫で忠実で、何より相模湾から見える富士山に似合う」

「まあ、確かに」

ヘルメットを受け取って、ビギが背後に乗る。明るい場所で改めて見ると、本当に線が細い。少年みたいだった。瞳がギラギラしていて、視線は針みたいに尖っているけど、その代わりに嘘がない。

多分、ビギは年頃になっても、相手を騙したり、嘘をついて弄んだりはしない。

「ビギは多分、いい女になるな」

「うわ、なんか気持ち悪い」

「あのな、おじさんって傷つきやすいんだぞ。知ってるか」

真面目な顔で答えたが、ビギは興味なさそうに空を旋回するトンビを見上げている。

頭を振って、俺もカブにまたがった。

マンションからは、ちょっと走ればすぐ「土手」につく。店の真ん前にバイクを置いて、中に入った。

「いらっしゃい。なんだ、俊夫か」

「客に向かってそれはないだろ」

店主の健介（けんすけ）とは幼稚園以来のもう二十年近い付き合いで、実家を出て一人暮らしを始めてからは頻繁に飯を食いに通っている。そんな相手だから、ビギを認めるとすぐに悪乗りして、ごつい手で口元を隠した。

「嘘だろ、隠し子か」

「違うよ。親戚みたいなもんだ。な？」

ちらりとビギを見下ろすと、ビギは心得た顔で小さく頷いた。例の驚くほど大人びた表情で。

「名前は？」

「──ビギ」

「へえ、いい響きの名前だなあ。好きなとこ座ってよ。今日はそう客もこなそうだし」

昔から大らかな性質だった健介は、あからさまな偽名にも特に頓着せず、明るく受け流した。

ビギと二人、窓際の席に陣取る。といっても障子だから、外の景色が見られるわけじゃない。まだ五時台なのに、夕日が障子を通して、テーブルの上に落ちている。だいぶ、日が落ちるのが早くなった。

「ビギちゃん、何か食べたいものはある？　ここ、酒飲み向けのメニューが多いけど、言ってくれたらおじちゃん、カレーでもハンバーグでも、何でもつくっちゃうよ」

「本当？　それじゃ、オムライスがいい」

ビギが、本当にビギかと思うほど無邪気な口調で、健介にリクエストした。

「オッケー。とびっきりのやつをつくるからちょっと待っててくれよ」

「俺は刺身定食ひとつ」

「なんだよ、ラッキーなやつだな。今日は小坪のタコが入ってるよ」

言うなり健介は厨房に引っ込んで、代わりに少し休憩していたらしい健介の奥さんが接客に出た。

「いらっしゃい」

「ちいっす。あれ、桂子ちゃん、そのお腹」

「そうなの、二人目。ようやく安定期に入ったところでね」

「ええ？　そりゃ、おめでとう。先月来たときは全然気がつかなかったなあ」

「急に大きくなってきたからね」

桂子ちゃんが、愛おしそうに丸みを帯びたお腹を撫でている。健介も顔を出して「また大変になるよ」と照れ笑いをした。

大きなお腹を見守る二人の姿を、ビギがぼんやりと見ている。

無防備な横顔は、せいぜい四歳か五歳の幼児みたいだ。

普段、どれだけの背伸びを強いられているんだろう。いい女になるよなんて、無神経なことを言ってしまった。思春期なんて、まだまだ子供でいていい。ときどきは混乱して、四歳や五歳みたいに我がままを言って甘えていい年頃なんだ。俺だって、母親に対して酷いものだった。

でも、ビギには誰もいなかったよな。

「はい、おまちどお」

桂子ちゃんが、健介のつくった特大のオムライスをテーブルまで運んでくれた。頼んでいないオレンジジュースまで添えられている。薄黄色のぷるぷると揺れる卵の上には、ケチャップで描いたらしいニコちゃんマークが三つ並んでいた。

「美味しそう！　それに可愛い」

素直に喜ぶ姿に、何だかほっとする。俺の前にも刺身定食が運ばれてきた。

「遠慮せずに食え。あいつ、口は悪いけど料理の腕だけはいいからな」

「余計なお世話だよ」

店内に、健介の好きなＹＭＯが流れてきた。

「おいおい、そこは鎌倉なみおとＦＭを流すべきだろ」

「でもこの人、俊夫さんの番組は必ずお店で流してるよ」

「余計なこと言うなよ」

訂正、健介は、料理の腕と性格だけはいい。

「おじさんって、ラジオに出てるの」

「あれ、言ってなかったっけ。俺、ラジオのＤＪしてるんだよ」

「ふ〜ん、どんな番組？　オールナイトニッポンみたいな面白いやつ？」

子供の質問は残酷だ。

「うん、まあ、そんな風にしたいと思ったこともあったけど、今はちょっと方向が違うかな」

「じゃ、ミュージック深夜便みたいなしんみりしたやつ?」

「おまえ、いったい、何時に寝てるんだよ。どっちも深夜帯の番組だぞ」

「ねえ、どんな番組なのってば。教えてよ」

水を飲んだあと、少しもったいぶってから告げる。

「聞いて驚くなよ。俺が目指すのは、流行の最先端どころか、流行の発信源になるラジオ番組だ。イケてる店や音楽、人、そういう湘南の最先端カルチャーを紹介するんじゃなく、生み出していくようなヒップな番組」

「うわあ、なんか全然イメージじゃない。おじさんは、もっと泥臭いほうが合ってると思う」

「うるさい。ラジオで喋ってる俺、聴いたことないだろう」

「番組って、いつやってるの」

「たぶんビギが学校に行ってる時間だよ。それよりおじさんってやめろ。お兄さんと呼びなさい、お兄さんと」

「でも、おじさんだし。あ、それか俊夫はどう? 俊夫っていうんでしょ、名前」

目を細めるビギは、やっぱり猫に似ている。初めて会った夜に比べてずいぶんと楽しそうで、そっと胸をなで下ろす。

「じゃあ、いいよ俊夫で。おじさんよりはな」

「わかったよ、俊夫」

「うわ、やっぱむかつくな。トッシーはどうだ？　俺のＤＪ名だ」

「なんかチャラいからやだ。俊夫って呼ぶ」

嫌みったらしく目の前でため息をついてみせたが、ビギはどこ吹く風で話をつづけた。

「ねえ俊夫、私、ラジオ局の見学がしたい。夏休みの自由研究を提出しなくちゃいけないし」

「そうか、世の中はまだ夏休みか」

「寝ぼけてるの？　夏休みはもうとっくに終わったよ」

「は？　じゃ、自由研究なんて間に合わないだろう」

「遅れてもいいから提出しなさいって先生が」

友達と協力してやらなかったのかと尋ねかけて、口を噤んだ。どう考えても、同い年とは話が合わないだろう。

夕日がさらに落ちて、ちょうどビギの顔にオレンジ色の光の帯がかかった。水をつぎにきた桂子ちゃんがほうっと息を吐く。

「ビギちゃんって、瞳の色がきれいねえ。薄くて金色みたい」

「ありがとうございます」

殊勝に頭を下げると、ビギは「オムライス、とっても美味しいです」と礼儀正しく言った。

人ん家の冷蔵庫を勝手に開けて、何もないと文句をたれていたガキと同じ存在とは思えない。俺の胡乱な視線に、ビギは無邪気にしか見えない笑顔で応えた。

腹を満たして店を出たあと、こちらから誘う前に、ビギのほうから「海が見たい」と言い出した。

「土手」から道を渡ってすぐの砂浜の手前にスーパーカブを停め、二人で浜へ出る。ふと思い立って、まだ辛うじて建っていた海の家に入り、ビギと二人でかき氷を頼んだ。

「若いお父さんねえ」

「いやだなあ、親戚の子ですよ、親戚の」

店主の悪気のない発言に、スプーンを取り落としそうになる。

「あら、そうなの」

動揺する俺に、店主は興味のかけらもなさそうな顔で頷くと、他のテーブルへと注文をとりに行ってしまった。ビギは、憎たらしく口角を上げている。

「けっこう老けてみえるタイプなんだね」

「うるさい。かき氷、溶けるぞ」

夕日はとっくに沈んで、いつの間にか二人して夜の入り口に座っていた。確かに、こんな時間に中学生を連れ回せるのは普通、家族だけだ。

「そろそろ帰らなくて平気なのか」

俺のほうをちらりと見たあと、ビギはしゃくしゃくとかき氷と苺シロップをかき混ぜはじめた。

俺も、ブルーハワイのシロップを混ぜる。

「昨日の夜さ、海で――」

「死のうとしてたわけじゃないよ」

思いがけなく強い口調だった。

「すごく生きたいとも思ってない代わりに、すごく死にたいとも思ってるわけじゃない。ただ、夜の海ってどんなだろうなって思っただけ。だから、急に傻夫に摑まれてかなりびっくりした」

「いや、だって絶対に溺れてたよな」

「息するのが難しくなってただけ」

それを溺れたっていうんだよ。

「つまり、俺は命の恩人ってこと？」

ビギが首をはっきりと左右に振った。

「俊夫は、夏休みの研究材料。ただそれだけ。明日から、密着するから」

肩を竦めた俺がはっきりと断れなかったのは、やっぱりあの夜、ビギは自らの意思で海の底に沈もうとしていたように見えたからだった。

なんだかんだで家に連れ帰ることになってしまい、汗を掻いたというのでシャワーを貸し、喉が渇いたというので買い足したばかりのマウンテンデューを与えた。

ゲームでこてんぱんにやられ、まるで昨日をリプレイしているかのような時間を過ごしたあと、多分、魔が差したんだろう。昨日とは違う行動を取ってしまった。

「あのさ、手だして」

ふいをつかれたのか、無防備な顔とともに差し出された掌(てのひら)に、ぽとりと予備の鍵を落とす。

「なに、これ」

「この部屋の鍵。海に行きたくなったら、代わりにこの部屋にくればいい。チャイム鳴らして俺が出なかったら、その鍵で入って」

「彼女と鉢合わせしたらどうするの」

変なところに気が回るやつだ。

「その心配はない」

答えた俺に、ビギは感謝ではなく憐(あわ)みの視線を向けてきた。

「いらないなら返してくれていいんだぞ」

「別にいらないとは言ってない」

ビギは鍵をしばらく眺めていたが、やがて財布の内側にそっとしまった。

＊

翌日から、放課後の度に、家にビギがやってくるようになった。

バイトから帰ると家の中でゲームや宿題をしているし、鎌倉なみおとFMで放送がある日にはくっついてきて俺の放送中、熱心にメモを取っている。ポラロイドカメラで、盛んに周囲を撮影もしていた。

そりゃ時々は来るだろうと思っていたし、歓迎するつもりだったけど、一日と空けずに来る。

さすがに七日連続になったときには、一言もの申した。

「あのな、来ていいとは言ったけど、さすがに来すぎだろ」

「だって、家に帰ってもすることないし」

「予習復習、宿題、それだけでもう寝る時間だろう」

少し強めに言った俺に、ビギが上目遣いをする。

「だって、家にひとりでいたら、また海に入りたくなっちゃうし——」

うっすらと大きな瞳に涙の膜が張ったのを見て、心臓が跳ねた。

「あ、いや、そういうことだったら、別に構わないんだけど。ほら、あんまりだとさ、お手伝いさんとかも心配するだろうしさ」

「大丈夫。勉強に集中したいから、夕方早めに帰ってって言ったら、喜んでそうしてくれてるから。それに今日は、ちょっといいもの持ってきたし」

ぱっと表情を明るくしたビギが、足下にほうってあったバッグに手を突っ込んだ。

今の、嘘泣(うそな)きか？

「これ、何だと思う」

手品師がシルクハットから鳩(はと)を取り出すみたいに、ちょっと澄ましたビギがバッグからトランプのような四角い箱を取り出す。

「まさか——ギャラクシアンか」

「そ。この間、これなら負けないって言ってたでしょう。でも、ハマさんが心配するかもしれないから、やっぱり帰ろうかなあ」

ちらりと流し目をくれたあと、これ見よがしにカセットを箱から出している。まったく、いい性格をしている。

「わかったよ。謝るよ。とっととやろうぜ」

確かに、ギャラクシアンなら自信があった。すでにゲーセンで散々やりこんだシューティングゲームなのだ。この手のゲームとしてはインベーダーが草分けだけれど、まったく異次元に感じるほど面白く、ゲーセンでプレイした時には見知らぬ暇人達の間に共通の衝撃が走ったものだ。

ビギは知らないだろうが、俺とギャラクシアンに、歴史ありだ。負ける気がしなかった。

「それじゃ、先にプレイしていいよ」

ソロプレイで獲得得点を争うことになり、俺が先攻した。華麗なプレイを見て、ビギはさぞ度肝を抜かれるだろうと、得意げに解説しながら次々とステージをクリアしていく。

久しぶりだったせいか、思ったよりも早くゲームオーバーしたけど、スコアはまあまあだ。ここまでビギの腕が追いついてくるとは思えなかった。

鼻息を荒くして後ろを振り向くと、ビギが「まあまあだね」と面白くもなさそうに言った。腹が立つよりもいぶかしさが先に立つ。

「ずいぶん余裕だな。もしかして勝てるとでも？」

「うん」

「まさか」

「余裕でしょ。あたし、アーケードでやりこんでたし」

耳を疑った。とてもゲーセンに入り浸っているタイプには見えない。どちらかというと、やたらと小難しい小説でも一人静かに読んでいそうな雰囲気だ。

いや、それはただの願望だ。俺は、認めたくないんだ。

ビギが、学校から出て家にも帰らず、クラスの友達とも遊ばずにゲーセンに立ち寄って、シューティングゲームをやりこむような放課後を送ってきたなんて。

ちらりとビギの姿を確認する。手元は神業のように複雑に連打を繰り返し、視線はじっと画面の動きを追っているけど、何の感情もうかがえない。

こいつ、海に溺れた日も、こんな顔をしていたんじゃないだろうか。

「なあ」

「話しかけないで。妨害しようなんてコスいよ」

「どの口が言うんだよ。ゲームなんてもういいから、話そう」

「話してるじゃん」

「そうじゃなくて、ビギのこと、もっと知りたいんだよ。俺たち、その――友達だろう？」

頬に熱が上がる。

ひとり動揺する俺に対して、ビギの横顔はやたらと大人びていた。

「友達なんていらない。くだらないこと言わないで」

電子音だけが響く部屋を、どんなトークで満たせばいいのかさっぱりわからない。それでも、何か話しかけていたかった。何かが、届けばいいと願った。

「じゃあ、友達じゃなくて、親戚でも何でもいい。とにかく、俺は、ビギと話したい。ビギのことを知りたいと思ってるし、普段何を考えて、何をしてて、どんなことで笑ったり、ハッピーになったりするのか知りたい」

ビギの口元が、むっと引き下げられる。

「怒ったのか」

「怒ってない」

「それじゃどうして——いや、なんか俺、らしくないこと言った。忘れてくれ」

急に気恥ずかしさが襲ってきて、頭を掻いて立ち上がろうとした時、コントローラーを持つビギの手元が不思議な動きをした。途端に、耳慣れた音楽が流れ始める。

これは確か、平井さんが好きなやつ。

「シバの女王。で、でもなんでだ？」

「裏技。秘密のボタン操作で音楽が流れるの。偶然発見したから、他にもあるかも。これ、シバの女王って曲なんだ？」

「有名なバレエの曲らしい。俺も詳しくはないけどさ。にしてもそれ、大発見じゃないか」

「さあ、そうかな」

試しに自分でもやってみると、名作アニメの曲まで流れて、腹の底から興奮した。

「何、その曲」

「え、本気で知らないわけ？」

この良質なアニメ映画を子に伝えずして何が親だと、見知らぬビギの両親に無性に腹が立ってくる。

「ああ、俺がビギの父親だったらぜったいに見せてるぞ、この映画。それに原作漫画も」

地団駄を踏む俺を呆れ顔で見ていたビギは、やがて肩をふるわせて笑い出した。

「何がおかしいんだよ」

「俊夫が父親とか、笑える」

「笑うなよ。俺は真剣なんだぞ」

言い募れば募るほど、ゲラゲラと笑う。

「おいったら」

今や何を言っても笑い転げるビギは、本来、こんな風に箸が転がってもおかしい年頃なんだ。それでいいんだ。

満足の吐息をもらした俺に、ビギが涙を拭き拭き告げる。

「ねえ、なんでラジオでもそんな風に喋らないの。私と喋ってるみたいに喋れば、もっと面白い番組になるのに」

「うっわ、もしかして、俺の放送聞いたわけ」

「うん」

「どうだった」

「う〜ん、ちょっとつまんなかった」

「給料日にシースーおごろうと思ってたけどやめた」

むくれる俺を見て、ビギはまた笑い転げる。

知らなかった。あくびだけじゃなくて、笑いも伝染るのか。

気づけば俺も腹を抱えて笑っていて、失恋してからはじめて、本当に笑った気がした。

＊

家を出てから三年近く一人暮らしだった。誰かが常に家にいる生活というのは窮屈なはずなのに、ビギといるのは不思議と自由で、面白かった。

相手が子供だからだろうか。いや、たぶん、ビギだからだ。思春期の女子なんて、何を考えてるか全部わかるはずもないけど、少なくともビギは嘘をつかないし、ゲームの腕前に関してはもはや俺の師匠と化している。

大した話なんてしない。むしろ無言の時間のほうが長いかもしれないけど、毎日のどうでもいいことを話す時間が心地よくて、いったん話し出すと二人とも止まらない。

ビギのやってくる日が、一週間連続から二週間連続になって、三週間連続になって、あたたかい湘南でも時折晩秋を先取りしたような肌寒い日が混じるようになった。

「さむ」

昨日は二十度以上もあったのに、今日は十度台の前半だった。ビギにスープでもつくってやろうと、鎌倉駅そばのレンバイで鎌倉野菜を買い、バイトからいそいそと家に戻ってコンソメスープを仕込んだ。

それなのに、こんな日に限って姿を現さない。

いつもなら学校が終わってすぐ、クラスの誰とも話していないのかと心配になるほどの早さで現れるのに。

鍋の中の野菜が若干やわらかくなりすぎるほどコトコト煮て、そのあと、いつもならビギに邪魔をされてなかなか捗(はかど)らない番組の下準備を短時間で終え、空が黄昏になった頃、ようやくチャイムが鳴った。

「遅かったな」

ろくに確かめもせずに玄関ドアを開けると、膝から下をぐっしょりと濡らしたビギが、同じくらいびしょびしょに濡れた、何だかわからない生き物を腕の中に抱いている。

「ど、どうしたんだよ」

「いいから中に入れて。この子、暖めないと」

「先にシャワー浴びてこいよ」

ビギからびしょびしょの塊を受け取ると、「ミイ」と鳴いた。小さな生き物からは、体温がほとんど伝わってこない。実家にいた頃、拾ってきた猫がやはりこんな風に弱っていて、とにかく暖めろと獣医さんに言われたことを思い出した。

ビギが風呂に入っている間、タオルで汚れを拭き、ドライヤーで乾かしたあと、しっかりと毛布で包む。ねずみ色だった猫は、ふわふわの白い子猫だったことがわかった。

「俺、ちょっとペットフード買ってくるよ」

「まだ店、やってるかな」

シャワーから上がり、不安気に子猫に寄り添うビギに、とにかく頷いてみせた。バイクを飛ばして、辛うじて明かりのついていた閉店間際のペットショップに駆け込み、色々と子猫に関するアドバイスをもらって、猫砂なんかもいっしょに買い込む。

急いで家に戻ると、子猫は寝息を立てていた。それでも、子猫用のミルクをそばに置くと、腹が減っていたのか鼻をひくつかせて目を開き、立ち上がってぺちゃぺちゃと舐め始めた。

「良かった、少し元気になったみたい」

「いったい、どこで拾ったんだよ」

洗濯機に放り込んであったビギのジーンズを干しながら尋ねる。

「ここの近くの排水溝で溺れかかってた」

「おまっ、あんなところに一人で降りてったのか。危ないからもう二度とするなよ」

強い口調で叱ると、ビギが口を尖らせる。

「俊夫だって、私のことを助けたじゃん」

「それとこれとは——」

ちょっと似ているところはあるけれど。

腹が満ちたのか、子猫は再び眠りについた。

ビギを家に送り届けたあと、明け方頃には、すっかりこの家に馴染んで一人運動会をはじめ、バタバタと走り回る姿を見て、ホッとする。

念のため、翌日、動物病院にも連れていった。ノミがいたのと軽い猫風邪である以外は特に問題ないことがわかって、ほっとする。家でくつろぎながら、俺以上にくつろぎだしている子猫を見守った。

「誰か、いい人にもらってもらわないとなあ」

ところが、翌日の放課後に息せき切ってやってきたビギが、「ここで飼って」と懇願してきた。

「家で飼いたいって言っても、全然聞いてもらえなかったし。ねえ、いいでしょ。私も来てお世話するしさ。それに、こんなに可愛い子を手放して平気なの」

確かに、子猫は可愛かった。

「――少し考えさせてくれ」

もちろん、ここはペット禁止マンションだ。まあ、中学生の駆け込み寺でもないけれど。

結局、ビギと、おもちと名付けたその猫の面倒まで見ることになった。外の空気はますます冷たくなって、俺は、気がつけば失恋の痛みなんてすっかり忘れてしまっていた。

家に帰ったらビギとおもちが待っていて、三人でメシを食って、ビギを送り届ける。いつしか、そんな日々が当たり前で、ずっとこうして暮らしていくような気さえしていた。

そんなはずはないのに。ビギはまだ中学生で、きちんと中学生としての暮らしにかえしてやらなくちゃいけないのに。それでも、あまりに居心地のいい日々に、俺はどっぷりと浸かって甘えきっていて、おもちは来た時の二倍くらいの大きさになり、いつの間にか、街にはクリスマスソングが流れる季節になっていた。

＊

イヴの近づいたある月曜日、ビギはなかなか姿を現さなかった。

「あいつ、また何か拾ってくるんじゃないだろうな」

来ればあんまり来すぎじゃないかと心配になり、顔を見せなきゃ見せないで何かあったんじゃないかと気持ちが持っていかれる。

もうほとんど家族じゃないか。

おもちと猫じゃらしで遊んでやりながら、しばらくうろうろと部屋の中を歩き回ったあと、ふと不吉な予感が胸をよぎった。

まさか、一人で海に行ったりしていないよな。

出会った頃に比べて随分しゃべるようになったし、表情も明るくなったと、一人で勝手に安心していた。でも、いっしょに過ごすようになって、たかだか三ヶ月ちょっとだ。

いったん不吉な考えがよぎったら最後、いてもたってもいられなくなって、おもちを部屋に残して飛び出した。カブにまたがって若宮大路まで出ると、渋滞する車の列をすり抜けながら由比ヶ浜へと急ぐ。

駐輪場へとバイクを停め、急いで砂浜まで降りた。

海風が頬を殴るように通り過ぎていく。こんな風の冷たい日に海に入ったら、溺れる前に心臓発作を起こしてしまう。

夜に暗く沈む不吉な海面に浮かぶ塊がないか、必死で探した。

いない。いないよな。大丈夫、だよな。

砂浜に尻からへたりこむ。

もしかしてあいつ、風邪でも引いてるんじゃないか。お手伝いさんしか、いないんだよな。

今度は高熱でうなされているビギの顔が思い浮かんで、急いでバイクに乗り直し、ビギの家まで向かった。この間ちらりと見た、一代じゃ建ちそうにないお屋敷だ。門の前に乗りつけると、生け垣の向こうの母屋に、明かりがついていた。

電話番号くらい、聞いておくんだった。

そのまま帰りがたくてしばらく待っていると、道の向こう側からやってきた中年の女性が勝手口に入っていこうとしている。お手伝いさんの名前は、確かハマさん、だったか。俺の視線が刺さったのか、ハマさんとおぼしき女性は、こちらに警戒の目を向けた。

「何かご用ですか」

「あ、いや」

口ごもりながら、ハマさんが手にしているビニール袋に目がいく。でかでかと、調剤薬局の名前が印刷されていた。

「ここの家の人、誰か病気なんですか」

「はい？」

「ええと――」

考えてみれば、俺はビギの本当の名前も知らない。

本格的に危ないやつだと思われたのか、ハマさんが逃げるように勝手口の向こうへと消えていく。それからもしばらく同じ場所に佇んでみたけれど、それ以上、声も気配も漏れてこず、ただ帰るしかなかった。

＊

その夜から三日、四日、五日経ってもビギは現れなかった。

症状、そんなに酷いのか。連絡もできないくらい？

ビギが来なくなって七日目の夜、番組の放送を終えて、今夜こそ来るかもしれないと家に戻ってみたけど、やはり部屋は暗かった。諦めて、一人分の夕飯をつくろうと狭い台所に立ったちょうどその時、チャイムが鳴った。

玄関に駆け寄り、ろくに確認もせず勢いよくドアを開ける。

「ビギかっ」

果たしてビギだった。ただし、その表情は暗く、まるで別人だ。

おまけに、ビギと俺の間には、見たことのない女性も立ちはだかっていた。いや、見たことはある気がする。しかし、誰だっただろう。

三秒ほど女性と無言で見つめあい、見たことがあるのではなく、ビギとよく似ている顔立ちなのだと悟った。

「もしかして、ビギのお母様ですか」

知らずに批難めいた声になったけど、相手の瞳からも嫌悪の光が発せられていた。

「もう、うちの子にかかわらないでください。さもなければ、警察に被害届を出します」

「は？　警察って」

狼狽える俺に向かって、ビギが静かに言い添える。

「言う通りにして」

これは本当にビギの声だろうか。平坦（へいたん）で、背中がぞくりとするほど冷たい。母親が放ったそれとよく似ていた。

「先週、うちの前をうろついていましたね。きちんと防犯カメラにも映っています。学校が終わっても家に帰らず、夕飯も食べないと連絡を受けて、調査をさせてもらいました」

「調査って――」

「未成年を一人暮らしの男性の部屋に連れ込むなんて。しかも鍵まで渡して、非常識だとは思わなかったんですか」

母親の唇が、怒りのためか、わなないた。そう来るなら、俺にも言いたいことがある。

「だったら、この年頃の子供をお手伝いさんに預けっぱなしで、何週間も家を空けるのは非常識じゃないんですか。この子が幸せそうだったら、俺だって自分の家を開放しようなんて思わなかったですよ」

母親の顔が、みるみる上気していった。

「いいえ、うちの子はきちんと躾(しつけ)られた子ですし、友達にも恵まれています。あなた、娘を脅して無理矢理ここに通わせていたんじゃないですか。ね、しいちゃん、そうなんでしょう? ママには嘘つかなくていいのよ」

ビギの口元が僅かに開き、やはり抑揚のない声が発せられる。

「本当は、来たくなんてなかった。でも怖くて――」

「そうだよな。一人で夜、家にいるなんて怖いよな」

ビギが母親に本音を言えたことにホッとする。

「何を勘違いなさってるんです？　この子が怖いと言ったのは、あなたのことです。ね、そうよね、しいちゃん」

「そんなわけないでしょう。な、ビギ」

母親のくせに、ビギを何にもわかっちゃいない。この子が由比ヶ浜の底に沈みかけたことだって知らないんだろう。

ビギは、俯いていた。俯いて固まっていた。

どうしたんだ、ビギ。早く何か言えよ。母親に言いたいこと、いっぱいあるんだろう。責めたって、なじったって、甘えたって、怒ったって、何をしたっていいんだ。親子なんだから。ビギはまだ、中学生なんだから。

「このお兄さんが怖くて。家に来ないと、悪いことしたことをばらすって脅されて」

一瞬、何を言われたのかわからなかった。

ただビギを見つめる。いや、ビギだった誰かを見つめる。

「嘘だろ、ビギ。一体どうしたんだよ。ほんとのこと、言えよ。相手は他人じゃない。母親なんだぞ。ずっと嘘ついて生きるつもりなのか」

「何をわけのわからないことをおっしゃってるんですか。それにこの子をおかしな名前で呼ぶのは止めてください」

宏美が愛用していたのと同じブランドのバッグから、母親が白い封筒を取り出した。

「お金目当てなんでしょう。だったら、差し上げます。その代わり、金輪際この子には近づかないで。家からも、この子は引っ越させます」

「金なんていりません。なあ、ビギ、なんとか言ってくれよ」

家族でもない。親戚でもない。友達と呼ぶには年齢が離れすぎているかもしれない。いっしょに過ごした時間だって、決して長いわけじゃない。

それでも、人と人が絆を結ぶのに、必ずしも長い時間が必要なわけじゃないだろう。

「いいえ、受け取っていただきます。このお金にどういう意味があるか、おわかりですね。あなたにも将来があるのでしょう。これ以上、強硬な手段を取らせないでください」

この人は、少し正気を失っている。絡み合った瞳を見て、ようやく悟った。

なぜって、この人は多分、ぜんぶ知ってるんだ。ビギが本当は望んでこの部屋に来ていたことも。学校に友達なんていないことも。ひょっとしてビギが海に沈みかけたことさえ。それでもなお、事実を都合良くひん曲げようとしている。自分を守るためだけに。

とりあえずはっきりしたのは、ビギの母親が絶望的に弱い人間だってことだった。

ただ、この金を、どういうつもりで押しつけようとしているのか、それがさっぱりわからない。封筒の分厚さが、ひたすら気持ち悪かった。

年齢以上に世慣れていて、芯のしっかりとしているビギから、どうやったらここまで意思と表情を奪えるのか。

この母親がビギを支配してきた日々を思うと、背筋が冷えた。

「そのお金で、もっと娘さんといっしょの時間を過ごせないんですか」

「——しいちゃん、行くわよ」

ビギの瞳には、感情らしきものの欠片も浮かんでいなかった。

こんなのビギじゃない。こんな状態のまま、帰したくない。

シューズボックスの上に、母親が封筒を穢らわしいもののように置き捨てる。

「この子は今から婦人科に連れていきます」

言われた言葉の意味を理解するのに、数秒かかった。

「あんた、何言ってるんだ。いい加減にしろよ」

「あなたこそ、客観的にこの状況を判断してください」

母親の瞳に、ほんの一瞬、怯えが覗く。責められるより、頭が醒めた。

確かに、心配になるのは当然かもしれない。だけど、こんな風に娘の目の前で言うなんて。

玄関の扉が閉まる。ビギの細い背中が、ドアの向こうへと消えていく。

やっぱりダメだ。こんなの絶対に、おかしい。

ドアから飛び出して、背中に呼びかけた。

「ビギっ」

驚いたビギが振り向く。

母親はこちらを見ないまま、ビギの腕をぐいっと引いた。

ビギに、ビギだけに呼びかける。

「そのままでいいのか。そんな能面みたいな顔して生きていくのか」

俺にダメだしばかりしていた強気のビギは、どこに行ったんだよ。

悔しくて、腹が立って、だんだん口調が強くなる。

「全部吐き出せよ。もっと母親にぶつかっていけよ。じゃないと、また海に――」

「やめてっ」

はじめてビギが、声に感情を乗せた。そうだ。それが本当の声だ。喋るって、そういうことだろう?

「もう放っておいて。どうせ他人なんだからっ」

「放っておけないよ。放ってなんかおけるはずないだろう」

「しいちゃん、そんなおかしな人ともう話さないで。病院に行くわよ」

「病院に行ったほうがいいのは、あんただろう。可愛い娘のこと、こんなに放っておいて、久しぶりに帰ってきたら病院って、まともじゃねえよ。虐待だろうっ」

「やめて――っ」

ビギが叫んだのと、母親の平手がとんできたのは同時だった。

「もう二度と、私達にかかわらないで」

言い放ったのは、ビギだった。

ここまで言っても届かないのか。家族みたいに過ごしてきたのに、俺達のつながりってそんなもんか。

裏切られた、と思った。

「わかったよ。勝手にしろ」

「ミイ」

玄関先まで現れたおもちの姿を見下ろして、ビギの瞳が初めて揺らぐ。

違う。こんなこと、思ってるわけじゃない。

「もう行けよ」

それでも、怒りだけではなく、母親のもとに返さなくてはという気持ちもほんの微かにあって、よけいに突き放すような声が出た。

「はやくっ」

唇を噛みしめたビギは、おもちを最後に一瞥すると踵を返し、二度と振り返らずに行った。

行ってしまった。

＊

ビギの声が、つづく。

確かに大人の声になったけど、少女の頃の響きが残っている。

『私が俊夫さんと会ったあの当時、家族との関係がいちばん悪かった時期で。今では、ネグレクトとも呼ばれる放置子でした。俊夫さんも何となくわかると思いますが、母はかなり情緒不安定な人で、強気の時と弱気の時の差が激しくて——言うことを聞かないと、死ぬって脅されていました。中学校のクラスにも上手く馴染めなくて』

「そう、だったのか」

『母親が言う〝死ぬ〟っていうのを、母親じゃなくて私がやったらどうなるんだろうって、あの夜、海に行ったんです。もちろん本気で死のうなんて思ってなくて。でも、海が思ったより急に深くなってて、半分溺れかけてしまって』

「うん」

ずっと聞けなかったあの夜の真相を、ようやく知った。いや、本当は、きちんと耳を傾けていれば、ビギは無言でも、助けを求める声はずっと聞こえていたんじゃないかと思う。

ただ俺に、正しく聴く準備が出来ていなかっただけ。俺が未熟だったんだ。

『最後の夜、いっしょに俊夫さんの家に行ってもう会わないと言いなさいってヒステリックになって。私、ずっと謝りたかった。あんなに助けてもらったのに、私、酷い事を――』

「それは違う。謝らなくちゃいけないのは俺なんだ。俺のほうこそ、まだ子供だったビギに酷いこと言った。勝手にしろなんて、本気で思ってたわけじゃないんだ。ビギ、あの後、どうしてたんだ。どこに行ったんだ？　家を訪ねたけど、引っ越したあとで――」

こぶしをきつく握りしめる。

『スイスの寄宿舎に入れられて、日本には成人するまで戻れませんでした。帰国後すぐになみおとFMを訪ねたけれど、もう辞められてて』

「そうか、俺、ここを辞めるのか」

ビギが何か言いかけて黙り、もう一度言いかけては黙っているのがわかった。

その口から何が発せられるのか、じっくりと目の前に相手がいるように待った。

『会いたいです』

「俺もだ」

痛む胸を振り絞って、答える。

沈黙が流れる。それでも、今の俺には聞こえた。ビギの声が、想いが、しっかりと。

俺達は、再び、ちゃんとつながっていた。

電波に雑音が混じりはじめる。ラジオが途切れる兆候だった。

「ビギ、ラジオ、つながらなくなるかも」

『そんな』

「今、元気なんだよな。幸せ、なんだよな」

俺の問いには答えず、ビギが急いで告げた。

『由比ヶ浜で待ってます。夜の七時から八時の間、明日、九月九日から一週間、必ず待って——』

「ビギっ」

ぶつりと電波が途切れ、以降はノイズ音だけになった。

「何があっても、必ず行くよ」

掠れた声で呟く。

それからしばらく、流れてくるノイズ音を聞いて、じっと佇んでいた。

*

夕方六時。窓の外はもう暮れなずんでいる。

愛猫のミルクが、立ち上がった俺の足下に、真っ白な体をこすりつけてきた。祖母猫に当たるおもちに、とてもよく似た深緑色の目。

「ミルク、今夜は、少し遅くなりそうなんだ」

二〇二二年、九月九日。ずっと、この日を待っていた。

過去に、ラジオでこの時代のビギとつながってから、三十六年もの月日が流れた。俺はすっかりおっさんで、ディスコにはもう行かないけれど、相変わらず海には通っていて、波乗りも現役だ。

あの頃、俺は二十一歳で、どうしようもない若造だった。三十年以上も経てば、ビギと会うのにふさわしい人間に成長できると思っていた。その楽観こそ、若さの証だったんだろう。

苦笑しながら玄関を出て家の鍵を回し、当時から現役をつづけてくれているスーパーカブをガレージから引き出してくる。

サドルにまたがればキイと軋む老体だけれど、これでも立派に走る。

由比ヶ浜へとスーパーカブを飛ばした。当時のカブがまだ現役だと知ったら、ビギはやっぱり顔を顰めるだろうか。それとも、あの頃は持ち合わせていなかった大人の礼儀を発揮して、微笑んでみせるだろうか。

昨日、ラジオを鎌倉なみおとFMに合わせてみたけれど、ビギが電話をかけてきたあの日の放送が聞こえることはなかった。

がっかりもしたけれど、それはつまり、歳を取った俺が、まあまあ悪くない日々を送ってるってことなんだろう。

由比ヶ浜が近づくにつれ、少年のように胸が逸(はや)る。同時に、不安も増す。

ビギは、本当に待っているだろうか。

当時、十五歳ということは、今は五十歳を少しすぎたところだ。結婚して、子供の二人や三人いるだろうか。

あれから、どうやって生きてきたんだろう。それとも、独身で悠々自適というのもビギらしい気がする。

あの母親の手から逃れて、自由を勝ち取ることができたんだろうか。ビギらしく生きてこられたのだろうか。

あの夜から今日までのことを全部聞きたい気がするけれど、その十分の一も聞けない気もした。俺にしたって、たった一言を口にするのがやっとかもしれない。

天気は晴れ。ビギを助けた夜のような晴天で、水平線に星々が沈みかけている。

由比ヶ浜を見渡す駐輪場にバイクを停め、砂浜へと降りた。

心臓が、ひどく久しぶりに早鐘を打つ。

未来のビギと電話で話したことなんて、自分の願望が見せた、ただの夢だったんじゃないかと不安になっている。

時刻は六時五十分。あと十分で、約束の時間だ。

まだ海の家の屋台骨が残されており、若者達のグループも散見された。しかし、一人で佇む人影は、見当たらない。

落ち着かない気分のまま波打ち際まで歩き、右へ左へと行きつ戻りつしながらビギが現れるのを待った。

あと一分。

体感では一時間にも感じられる六十秒を待って、スマートフォンの時刻がようやく七時ちょうどを知らせた。

まだ、か。

相変わらず、浜には誰も現れなかった。

大丈夫だ。少なくとも、待たせるよりはいい。

寄せては返す波を何度も見送りながら待つうちに、ひたひたと嫌な予感が満ちてきた。

ビギは、約束を違えるようなやつじゃない。いくら時が経とうが、それは変わらないはずだ。ましてや、未来のビギにとって、今日という日は、ラジオで伝言をした翌日だ。忘れるほど時間が経ったわけでもない。

おそらく電車が遅れでもしているんだろう。いや、まさか事故に遭ったわけじゃないよな。

気を揉んでいると、花火のそれとは違う焦げ臭い匂いが辺りに漂ってきた。

「ねえ、あれ火事じゃないの」

近くの若者グループのうちの一人が、ちいさく叫んだ。

ちりちりと、こめかみから血が下がっていく。ちょうど「土手」の店舗がある辺りから、夜空よりもどす黒い煙があがっていた。

「まさか」

健介と桂子ちゃんは、今も現役で店に立っている。ビギと訪れた時にはまだお腹の中にいた真凜は、健介の反対を押し切って店を継ぐと頑張り、今日も、厨房に入っているはずなのに。

必死で砂浜を蹴り、駐輪場まで戻った。急いでカブにまたがって、店のそばへと急ぐ。

見慣れたカーブの手前には消防車が二台停車しており、消防隊員が怒声とともに群がる人々を誘導していた。

「健介！　桂子ちゃん！」

叫びながら人混みをかき分けて進む。火の手から放出される熱が、風とともに全身に吹き付け、こめかみから汗がしたたった。

呆然と立ち尽くす健介と泣き崩れる真凜が、進入禁止のテープで隔てられた反対側の人垣に見えた。無意識に前へ出ようとした時、親しくしている先輩サーファーに腕を摑まれ、「おい、あまり近づくな」とたしなめられる。

「あっちの居酒屋が火元らしい。両隣の二軒も半焼くらいはしちまいそうだって。あの店の前、よく柄の悪いのがタバコ吸ってたむろしてたからなあ」

「そんな」

唇を噛んだちょうどその時、消防隊員が一人、燃えさかる家屋の中から飛び出してきた。隊員は、ぐったりとした女性の肩をかついでおり、自身も道に出るなり崩れ落ちた。現場を取り囲む人々から悲鳴が漏れる。救急隊員が二人のもとへと慌ただしく駆け寄っていった。

「まさか、桂子ちゃん」

女性のほうは、遠目にもひどい火傷(やけど)を負っており、桂子ちゃんかどうかはわからない。

「いや。桂子ちゃんはあっち側の人混みの中にいるはずだ」

「それじゃあれは」

「さっき、パニックになった子猫が建物に飛び込んでいって、それを女の人が追いかけていっちゃったんだよ。止める間もなくて、あの隊員も慌てて飛び込んで」

「まさか」

嫌な予感がますます強くなる。違うはずだ。絶対に違う。俺と会う約束の日に、ビギがそんな無謀なことをするはずがない。

だけど、女性がしっかりと合わせている両腕の中から、真っ白な子猫が這い出してくるのが見えた。あの土砂降りの夜と、同じように。

目をこらしてみれば、煤で黒ずんだ女性の顔に、少女だった頃の面影が色濃く残されている。

「嘘だろ、ビギっ、ビギっ」

叫んで飛び込もうとしたところを、消防隊員に止められた。

「離してくれ、知り合いなんだっ。あの人と今夜、会う約束をしてたんだ」

「土手」の家屋が焼き尽くされ、ガラガラと壁が崩れ去る。通い慣れた店がなおも炎に食いつくされて、時おり炎の向こうに、子供の頃、健介といっしょに忍び込んで怒られた庭が見え隠れした。

ビギが担架に乗せられ、救急車に運ばれていく。

「俺も乗ります。頼む」

救急隊員が気の毒そうにこちらを一瞥し、微かに頷く。

「ビギ、ビギ、しっかりしろよ」

ビギがすでに呼吸をしていないのは、傍目にも明らかだった。AEDを試みても、バイタルが戻ってこない。

顔はところどころ煤や火傷に覆われていたけど、やっぱりビギだった。懐かしい顔だ。

やっと会えたのに。やっと傍にいられるのに。

「助けてください」

叫びたいのに、ちいさく呟いただけになる。

救急車の進みが、ひどく遅い。

そのあとのことは、他人事のように流れていった。

病院にようやく到着し、集中治療室に入ったビギは、医療の限りをつくしてもらったとは思うが、必死の救命活動も虚しく息を引き取った。

今は、明け方の四時くらいだろうか。

病院の遺体安置室で、白い布をかぶせられたビギを前に、ただ呆然と佇む。

「どうしてだよ。どうしてまっすぐ、浜にこなかったんだよ」

こんなことが起きていいはずがない。涙も出てこない。これが現実だとは信じられない。

今夜、会ったら伝えようと思っていたことが、たくさんあった。

ビギが教えてくれたように、ＤＪとしてのスタイルを変えたこと。今は、自宅にＤＪブースをつくって、個人でＦＭ放送を営んでいること。親切なリスナーが、いい株を教えてくれて、その利益で始めた放送だってこと。あの母親から無理に押しつけられた封筒だって、いつか返すつもりでとっておいた。

「うう」

うめき声を上げて、崩れ落ちる。

帰ってこいよ、ビギ。本当はまだ、生きてるんだろう。

そっと握った手が、あまりにもひんやりとしていた。

いったん涙があふれ出すと、止まらなくなった。泣いて、泣いて、冷たいビギの手を取って、また泣いて。少し休んで、また泣くことを繰り返して。

涙も声も涸れた時、窓に朝日が差した。

その光があんまり綺麗で、ぼんやりと見とれているうちに、何かを見逃しているんじゃないかという考えが頭に差し込んできた。

「ああ、そうか」

ぼうっとしていた頭に活を入れるような、ピリッとした閃きが走る。

同時に、立ち上がっていた。

ラジオが、あるじゃないか。

俺は、こんなにもはっきりとそばにある希望を、見逃していた。

大丈夫だ。まだ間に合う。成功すれば、ビギはこんな目に遭わなくて済む。

「絶対に助けてやるからな」

ビギの手をそっと離して、遺体安置室を出る。

病院を後にしてカブを飛ばし、自宅に舞い戻って二十三時を待った。

俺は今、苦しい何かを抱えていて、切羽詰まって、でも同時代の親しい人には助けを求められない。そんな大変な状況の中にいる。

条件はぴったりだろう？

あの、時を超える奇跡を起こしてくれた誰かがいるんだとすれば、助けてくれよ。頼むよ。

誰かに向かって、ひたすら祈った。

いつの間にかうとうとしていたらしく、外は暗かった。

夜の二十三時まであと十分。

鎌倉なみおとＦＭにチューニングしてあるラジオからは、ノイズ音、いや、波音が流れている。

ミルクが膝に飛び乗ってきた。そのぬくもりに、目頭が熱くなる。

大丈夫だ。きっと。

深呼吸をして、その時を待った。

ふいに波音が途切れて、耳慣れた音楽が流れ始める。

懐かしいオープニング曲に乗せて、張りのある若い声が響いてきた。

『は〜い、湘南のみんな、今夜も波に乗ってるう？　俺はね、昨日の夜の出来事が嬉しすぎて、なんだかまだ夢の中にいるみたいなんだよね。はやく三十六年後の世界に行きたいけど、こればっかりはどうしようもないもんなあ。その日を楽しみに、もっともっと、いい人間になれるようにするよ。昨日より、今日、今日より明日ってさ。そんなわけで、今日のテーマは、〝未来へのメッセージ〟。どんな小さなことでも構わないから、未来の自分に言いたいこと、大募集中だよ』

ファックスや電話番号のアナウンスが終わるやいなや、通話ボタンを押した。

すぐに鳴り響いた通話音に、若かりし頃の俺が驚いている。

同時に、記憶が甦ってきた。

そうだ、この放送の日、電話が鳴った。しかし、受話器を取り上げた途端、確か――。

案の定、ざあああっと、波音に似た雑音が響く。スマートフォンの向こうでは、ツー、ツー、と無機質な音が繰り返された。

つながらないのか、どうしても。これは、変えられない運命なのか。

「なあん」

飼い主の感情の波が伝わったのか、心配げに近づいてきたミルクの喉を無意識に掻いてやる。

よくよく思い出してみる。三十六年前、あの電話のあと、過去の俺がいくら待っても、未来の俺からコール音が再び鳴ることはなかった。つまり、未来の俺、ここにいる俺は、電話をかけることを諦めたか、かけ直してもつながらなかったかだ。

諦めるのか、俺は。そんなのは、いやだ。

意地になって電話をもう一度、かけた。何度も、何度も、かけた。

無情にも、電話はつながらない。何度かけてもつながらない。

「くそっ」

俯いた次の瞬間、唐突にスマートフォンが鳴った。画面に健介の名前が表示されている。

『もしもし』

「おまえ、大丈夫なのか。何かあったのか」

『うん、火災保険の手続きやら何やらで慌ただしいけど、何とか、な』

「そうか。よかった」

こんな状況だけれど、親友が無事だったのがせめてもの救いだった。

やや言いにくそうに、健介がつづける。

『実はお願いがあるんだけどさ、猫を一匹、預かってくれないか』

「もしかして、昨日の夜の白い子か」

『ああ。俺達で飼ってやりたいんだけど、何しろこんな状態でな』

白猫を飼わない、という選択肢は、俺にはない。

「わかった。どこに行けばいい？」

『明日の夕方にでも、「土手」の前まで来てもらえるか』

「当たり前だ」

電話を切り、眠れる気がしないまま、床についた。

もう、打つ手はないのか。

まんじりともしないまま夜明けを迎え、いつしかとろとろと浅い眠りの中にいた。

*

翌日、約束のとおり、「土手」の前まで行った。

まだ周囲は焦げ臭く、骨組だけになってしまった店舗が痛々しい。

ペット用のキャリーバッグに入った子猫が、不本意そうに抗議の鳴き声を上げた。

「よろしく頼むよ」

「ああ。もし迎える目処（めど）が立たないようだったら、俺がつづけて飼ってもいいか」

ビギが体を張って守った子猫だ。俺が責任を持ちたかった。

「そう言ってもらえると助かる」

全身から疲れを滲ませる友人をどうにか励ましてやりたいのに、上手い言葉なんて見つからなかった。

「見事に丸焼けになっちまっただろう」

健介が敷地に目を向ける。

「ほんとに、なんて言っていいか」

剝き出しになった庭の真ん中で、古びた祠だけが、何事もなかったかのように鎮座していた。

「さすが、神様の居場所だけは無事だったんだよなあ」

「今さらだけど、あれって何の神様なんだ。まさか火除けじゃないよな」

健介がいっそさっぱりと笑う。

「暦の神様らしい。時間を司ってるんだと。じいちゃんの実家が北鎌倉のほうにある神社でさ、そこから分祀してもらったらしいんだ」

「へえ」

「忍び込んでみるか？　昔みたいに」

健介が囁く。

「いいのか？　まだテープ貼ってるぞ」

「どうせ、本格的に捜査するのは隣の隣の敷地だし、大丈夫だろ。居酒屋の客が、入口の喫煙スペースでタバコ吸って、その不始末が原因だったんだと。親父さんが泣きはらして謝りにきてさ」

健介が一瞬俯いたあと、テープをまたいで敷地に入っていく。

家具などは灰になり、調理道具の金属が黒焦げの塊になって転がっているのをまたいで、祠の前まで来た。

「暦の神様か」

「うん。江戸時代までは、日本じゃ、時間の流れは未来から過去に向かってたらしい。じいちゃんからよく聞かされたよ」

自然と、手を合わせる。俺に残された手段といえば、もう神頼みくらいだ。

神様、何でも言うことを聞きますから、ビギを助けるために、過去の放送に電話をつないでください。つないでくれたら、この店も、ちゃんと守りますから。

「えらく長い間祈ってるなあ」

健介が呆れているけれど、「土手」の一大事でもある。そんな短い時間では済ませられない。

いちど顔を上げて、まだ足りない気がして、さらに祈った。

「片付けとか、いろいろ手伝えることがあったら電話しろよ。桂子ちゃんや凪(なぎ)と真凜にも、あんまり気落ちしないように伝えておいてくれ」

「ああ。サンキュ」

まだ名前のない子猫を抱えて、家へと戻る。

今夜も、電話をかけてみよう。未来から過去へと時間が流れているというのが本当ならば、未来を変えれば、過去が変わるはずだ。この行動が起きた出来事を変えるきっかけになるかどうかはわからないけれど、俺は身を以て知っているじゃないか。

時間は超えられることを。奇跡なんて、平気で起きるってことを。

祈るような気持ちでチューニングを合わせて、二十三時を待った。

『は～い、湘南のみんな。今夜も波に乗って――』

俺の声が聞こえる。オープニングトークがはじまって、視界が滲んだ。

終わるのを待たずに、不躾に電話をかける。

『うわ、ずいぶんせっかちなリスナーさんだな。待って待って。今、電話に出るから』

受話器の持ち上がる音がした。胸に希望が差す。

少なくとも、こんな過去の出来事が起きた記憶はない。俺は今、未来を変え、その結果、過去を変えているんだよな。

『もしもし？　まずはラジオネームと西暦――』

「一九八六年の俊夫だな？　俺は、未来の君だ。いきなりで悪いけど、信じてくれ」

気持ちが逸って、乱暴な切り出し方になった。

『え？　ええっ』

「事情があって、大急ぎでビギに伝えたいことがある。ちなみにそっちは今、何日だ」

『ええと、九月七日だけど。ちょっと待ってよ、未来の俺って本当なのか』

神様。

膝からくずれそうになるのを踏ん張って、会話をつづけた。

「頼む。時間がないんだ。明日、未来のビギから電話がかかってくる。そしたら、必ず伝言してほしい」

俺の切羽詰まった雰囲気に感じるものがあったのか、過去の俺は自分の驚きをいったん脇に置いてくれたようだった。

『わかった。なんて伝えればいい』

「まず、明日のうちに、「土手」の二軒隣の居酒屋に行って、タバコの不始末を注意すること。そうしないと、火事になるって強く言ってくれ。それから、念のために九日は家から出ないこと。最後に、十二日、午後七時に由比ヶ浜で待ってるってこと。な、頼めるだろう」

『待ってくれよ。一気に言い過ぎ。メモが追いつかないって。それに、もうちょっと丁寧に状況を説明してほしいんだけど』

「そうだな。すまない、焦ってしまって」

順を追って、ここ数日の出来事を説明した。昔の俺が、何度か息を呑んだのが伝わってくる。

『わかった。責任を持って伝えるよ』

「頼む」

放送に、雑音が混じりはじめた。

『その代わり一つだけ——問に答えて——るか』

「OK」

急いで昔の俺が尋ねた。

『俺、今より、いいDJになれて——な』

「いいDJかどうかはわからないけど、泥臭いDJを今でもやってるよ。バリバリの現役だ」

昔の俺がふっと微笑んだ気配を残して、放送も通話も、ぷつりと途切れた。

＊

意識がこの世界に戻ってきた。瞼の向こうに朝日が差している。

九月十二日の朝だ。世界は変わったんだろうか。目を開くのが、ひどく恐ろしかった。

それでも、瞼を上に押し上げて、朝日を拝む。

おそるおそる、健介に電話をかけてみた。

『なんだ、おまえのモーニングコールなんて全然ありがたくねえな』

「あのさ、店、今日もやるか」

スマートフォンを持つ手が震えた。

「当たり前だろ。うちは定休日以外、ぜったいに休まないのがポリシーだ」

「――」

『俊夫？　どうした？　なんだこれ、イタ電か。それとも、一人暮らしが寂しくなったのか』

「そんなわけないだろ。夜、美人を連れていくから確認だよ」

『ははは、どうせ、病院帰りのミルクでも連れてくるんだろう。楽しみにしてるよ』

ぷつりと通話が切れる。

良かった。通じたんだ。ビギに、俺の伝言がつながったんだ。な、そうなんだろう？

じわりと視界がぼやける。すべてに感謝があふれ出して、しばらく動けずにいた。

午前と午後、上の空のまま自宅のスタジオから放送をし、夕方になって外へ出た。

九日の夜と同じように、スーパーカブに乗って由比ヶ浜へと向かう。途中、「土手」の前にバイクを停止すると、いつもと変わらぬ店構えで、障子戸の向こうに明かりが見えた。

風は、慣れ親しんだ潮の香りしか運んでこない。

「良かったなあ」

店に向かって鼻を啜ったあと、再び発進する。

スロットルを回す手が震えるのを制して、待ち合わせの場所へと急いだ。一キロがこんなに遠かったなんて、初めて知った。

ようやく駐輪場にたどり着き、夕日が去った由比ヶ浜を見渡す。

花火に興じる若者達。犬を散歩させる人々、駆け回る子供たち。

その中に混じって、ほっそりとしたシルエットが目に飛び込んできた。

波打ち際にひとり、佇んでいる。遠目でも、顔なんて見えなくても、わかった。

浜へと駆け下り、砂浜を蹴って、人影に手を振る。

「ビギっ、ビギっ」

向こうも気がついて、大きく手を振り返してきた。

躓いてこけそうになり、すれ違った女子高生らしき集団を驚かせてしまった。

辛うじて踏ん張って、また走る。

なぁ、ビギ。俺、ほんとはもう、こんなに走るのきつい年なんだ。なのに何でか身体が軽い。まだ未熟で、愚かで、未来と希望しか持っていなかった頃みたいに、走ってる。

景色がぐんぐん後ろに遠ざかっていく。ビギも、こちらに向かって走ってくる。

その姿もまた、どんどん少女の頃へと時が巻き戻っているようだった。

時は流れている。だけど時々、流れを止めて、呼応しあう。どういう仕組みでそんなことが起きるのか、人間が知ることがあるとしたら、きっと遥か未来のことだ。

明日がわからないから、未来は輝いてみえる。今、この時が、かけがえのないものになる。

俺達は、そんな幸運な世界で、生きている。

必死で駆ける、駆ける、駆ける。

「会いたかった」

小さく叫んだ。

ビギの口元も動いているのに、波音にかき消されてよく聞こえない。

でもいいんだ。これから、たくさん話せる。

駆けながら、今も過去も、そしてたぶん未来も、実は同じ場所に重なっているのだという奇妙な実感が、胸をいっぱいに満たしていた。

あとがき

初めましての方も、いつもお読みくださっている方もこんにちは。成田名璃子です。

嬉しいことに、また新刊を出すことができました。気がつけばもう、少なくない数の本を世に送り出していますが、新刊が出るたびに感謝と喜びでいっぱいになります。

本作は、「せっかく鎌倉のそばに住んでいるなら、鎌倉を舞台にした物語を書いてみませんか」という担当Kさんの一言がきっかけで生まれました。

そうなんです。念願の湘南に引っ越したんです。

息子を幼稚園に送り出したあとは、ビーサンをつっかけて材木座海岸までいそいそと出かけ、波音に癒やされながら朝日でキラキラの海を眺めてぼうっとしているうちに、一時間なんて平気で経っちゃう。海を眺めたあとは、貝殻や雌株つきのワカメを拾ってさらに一時間経ち、ついでに散歩で三十分、まだ足りなくてあともう三十分だけ、などとしているうちにお昼になり、車じゃいけない細い路地に美味しそうな店を見つけ……。

——環境のいい場所に移ると、みんな書かなくなるんですよねえ。

どこかの編集長さんがぽつりと呟いたあの言葉は本当だった！

なんて、そこまで優雅じゃありませんでしたが、少し育児にウェイトを置いた生活をしていたので、刊行ペースが緩やかになってしまいました。

おかげさまで息子も今年四月から小学生に上がり、あんなに活発だった愛猫の虎ちんはひねもすのたりのたりで、しみじみと時の流れを感じる今日この頃です。

さて、時の流れ、と言えば本作ですよ、みなさん。

歴史のある鎌倉が舞台ならば、積み重なる時間を軸にしてみると、より魅力的な物語が生まれそうではないかという話になり、だったら時をかけちゃう？　と、自分の中では割とすぐに時かけものにしたいという気持ちが固まりました。同時に思い浮かんだのは、父が大切にしていた実家のトランジスタラジオ。もう壊れてしまったはずのラジオが、突然、存在しないはずの番組――過去からの番組を受信したら面白いんじゃないか。

そんな風にして、物語が広がっていきました。

時はバブル期の日本。一流のDJを夢見る若者、トッシーが、真夜中のラジオブースで操作盤の電源を入れずに流した放送が、なぜかリスナー達のもとへと届いてしまいます。しかも、時を超えて――。

物語は四話あり、全体として大きなストーリーがありつつも、各話にはそれぞれの主人公が存在します。

世の中がやたらと明るかったバブル時代を生きるトッシーと、景気が下り坂の失われた三十年のさらに後を生きる今の人々が対話を通して、それぞれの人生と向き合うことになります。バブル期と今。そのギャップやすれ違いを、ワクワクとした気持ちで書きました。

たとえば一話目に登場する主人公は、トッシーが無意識にもつジェンダーバイアスを、苛々とした気持ちで指摘します。二話目に登場する少年は、偶然、ラジオから流れてきたトッシーのトークを何だか古くさいと一刀両断し、キモい、エモい、などという若者言葉で翻弄します。三話目の男性はバブル時代に壮年期を過ごしており、唯一、トッシーとの会話に昔を思い出し、ノスタルジーを感じる主人公として登場します。

ショルダーフォンやファミコン、昭和の国民的映画など、読む人が読めば懐かしい単語もあちこちに。さらに――少女の頃からもう数え切れないほど読んだタイムトラベルものの金字塔、ロバート・A．ハインライン作『夏への扉』へのオマージュが、作中どこかに登場します。見つけた人は、ふふっとしてくださったら嬉しいです。ふふ。

物語を書きながら、私自身の心も十代の頃と現在を行き来し、世相の移り変わりを強く感じました。たとえば作中に、あみんの〝待つわ〟という歌が登場します。これは、意中の人が自分を振り向いてくれるのをずっと待つ、という恋心を歌ったヒット曲なのですが、今の女の子たちが聴いてもピンと来ないでしょう。作中で〝イントロがやけに長い。ラジオでなければ、完全に飛ばして聴くレベルだ。〟という描写なども、完全に今の感覚だろうなという気がします。イントロクイズ、というのも、そのうち消えるのかもしれません。

一方で、人間の変わらない姿というのも、二つの時代の中にあって、よりいっそう際だって意識させられました。

自らの、そして大切な人の幸せを願う心。この世界の中で、一人の人間としてどう生きるかという葛藤。昨日まで信じていた世界が、ふいに音を立てて崩れて行く不安。こうした感情というものは、令和と昭和、いいえ、明治、江戸、平安、もしかして縄文時代まで遡っても、おそらく同じだったのではないかと思わされます。

過去、現在、未来。人類は、同じように悩み、泣き、笑い、寄せては返す波のごとく、誰もが似たような生を繰り返して終えていくのかもしれません。

作中の登場人物たちも、この地球上で与えられた有限の時間を、どう生きたいか。どういう自分でいたいか。大いに悩みます。

では、代り映えのしない悩みを延々と再生産する私達の生は、絶望的なのでしょうか。

私はたぶんそこに、絶望よりも美しさを、倦怠よりも愛おしさを感じているのだと思います。だからこうして、飽きもせずに、書いている。そうしてみると私にとって書く行為というのは、ある意味、波をスケッチしているとも言えるのかもしれません。だとしたら、私自身の波というのは、どういう形なのだろう。どんな音で、どんな大きさで、どんな風に砂をさらうのだろう。

そんなことを考えていると、いくらでも砂浜で時が溶けていくのですよね（笑）

さて今回は、ラジオ放送が大きな鍵になる、ということで、ローカルラジオ局『湘南ビーチFM』さんのご厚意で、本物のラジオ局を取材させていただきました。さらに、番組にゲストとしてお招きいただいたことも楽しい思い出です。湘南ビーチFMの皆様、番組中でも取材にご協力いただいた晋道はるみ様、この場を借りて、心よりお礼を申し上げます。

また、最後まで導いてくださった担当編集のKさん、そしてこの本が読者の皆様に届くまでのプロセスでお世話になるすべての皆様にも深く感謝いたします。

執筆を支えてくれた夫と息子、それに癒やしをくれた猫の虎ちん、いつもありがとう。

そしてもちろん、この本をお手に取ってくださった読者の皆さんに、最大級の感謝をお伝えさせてください。今、この時に、本を通してみなさんと出会える奇跡に改めて感動しています。

再び話は変わるのですが、せっかく天国のような暮らしをしていたのに、なんとこの度、わけあって東京へと舞い戻ることになってしまいました。この次に鎌倉を訪れる時はきっと観光客。今のうちに、湘南の美しい風景を堪能（たんのう）しておきたいと思います。

明日は晴れ。由比ヶ浜まで出て、延々と考えながら、また時をワープしてしまいそうです。余白がなくなってきました。この辺で黙ります。

それでは皆さん、ごきげんよう。またすぐにお会いできますように。
皆さんにとって、人生の一瞬一瞬が、美しさの連続でありますように。

三月吉日　成田　名璃子

<初出>
本書は書き下ろしです。

この物語はフィクションです。実在の人物・団体等とは一切関係ありません。

◇◇メディアワークス文庫

時(とき)かけラジオ
～鎌倉(かまくら)なみおとＦＭ(エフエム)の奇跡(きせき)～

成田名璃子(なりたなりこ)

2023年３月25日　初版発行

発行者　山下直久
発行　株式会社KADOKAWA
〒102－8177　東京都千代田区富士見２－13－３
0570-002-301（ナビダイヤル）
装丁者　渡辺宏一（有限会社ニイナナニイゴオ）
印刷　株式会社暁印刷
製本　株式会社暁印刷

●お問い合わせ
https://www.kadokawa.co.jp/（「お問い合わせ」へお進みください）
※内容によっては、お答えできない場合があります。
※サポートは日本国内のみとさせていただきます。
※Japanese text only

※定価はカバーに表示してあります。

ISBN978-4-04-914412-3 C0193

メディアワークス文庫　https://mwbunko.com/

本書に対するご意見、ご感想をお寄せください。

あて先
〒102-8177　東京都千代田区富士見2-13-3
メディアワークス文庫編集部
「成田名璃子先生」係

◇◇◇

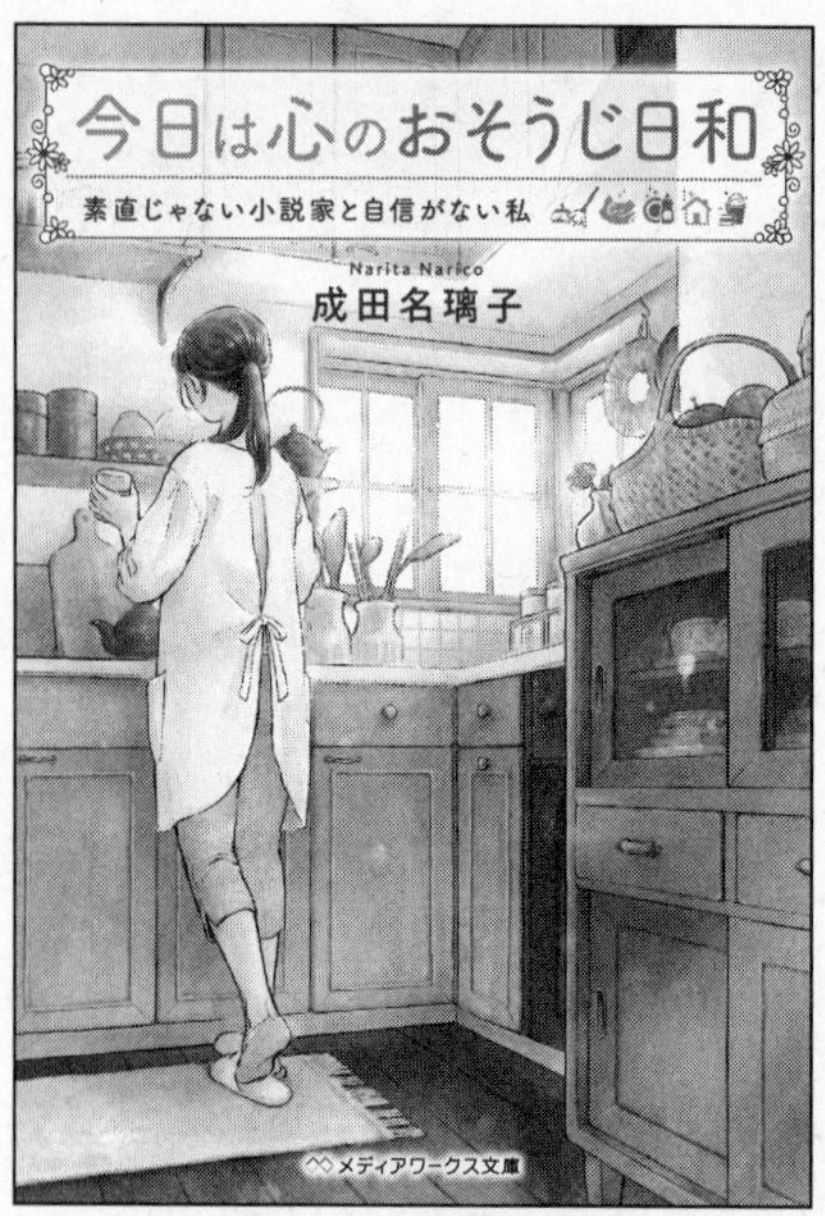

発行●株式会社KADOKAWA

いろんな悩みを抱える人々が、今日も街角の彼女のもとに集う——。

昼間はOLにして鍵穴からの観察者、ミス・ブースカ。夜は街角の婚活占い師として人気のミス・アンジェリカ。女達の悩みのエネルギーを換金するために始めたインチキ占いだったが、いまやこの街角には、様々な悩みを抱える人々が集ってくる。恋愛相談をはじめ、結婚運や仕事運、さらには不倫関係まで悩みは尽きることがない。だがまれに一風変わった悩みを持ち込まれることがある。隣でキャンドルを売る誠司のおせっかいもあり、度々それぞれの事情に巻き込まれてしまい——。

悩み相談、ときどき、謎解き？
～占い師 ミス・アンジェリカのいる街角～

悩み相談、ときどき、謎解き？ 2
～占い師 ミス・アンジェリカの消えた街角～

無駄に幸せになるのをやめて、こたつでアイス食べます

コイル

一緒に泣いてくれる友達がいるから、明日も大丈夫。

　お仕事女子×停滞中主婦の人生を変える二人暮らし。じぶんサイズのハッピーストーリー

　仕事ばかりして、生活も恋も後回しにしてきた映像プロデューサーの莉恵子。旦那の裏切りから、幸せだと思っていた結婚生活を、住む場所と共に失った専業主婦の芽依。

「一緒に暮らすなら、一番近くて一番遠い他人になろう。末永く友達でいたいから」そんな誓いを交わして始めた同居生活は、憧れの人との恋、若手シンガーとの交流等とともに色つき始め……。そして、見失った将来に光が差し込む。

　これは、頑張りすぎる女子と、頑張るのをやめた女子が、自分らしく生きていく物語。